KB059770

닷다의
목격

# 닷다의 목적

최상희 ✳ 소설집

사□계절

# 차례

닷다의 목격

나는 다른 사람 눈에는 안 보이는 걸 종종 본다. 내가 어렸을 때 엄마는 시골 할머니 댁에서 도마를 하나 얻어 왔다고 한다. 오래된 나무로 만든 큼직한 도마였는데, 베란다에 두고 그 위에 화분을 올려 두면 멋있을 것 같아서였다. 도마가 집에 들어오던 날부터 나는 갑자기 눈을 끔벅끔벅하고 수시로 도마에 절을 했다고 한다. 안 하던 짓을 하는 나를 보고 꺼림칙했던 엄마는 도마를 할머니 댁에 돌려보냈다. 엄마에게 몇 번이나 들은 이야기라 나는 아주 오래전 일인데도 잘 기억하고 있다. 도마 위에는 하얀 머리를 곱게 빗어 넘긴 할머니가 앉아 있었다. 처음 보는 할머니였는데 나만 보면 말했다. 세수하고 이리 와서 절해야지. 세수는 아침에 했는데, 하면서 나는 눈을 끔벅끔벅하며 절을 했다. 하루에도 몇 번씩 할머니는 도마 위에 앉아 내게 말했다. 세수하고 절해라. 그때마다 나는 세수는 했는데, 하고 가서 절을 했다. 도마를 돌려준 뒤로 할머니도 사라졌다. 어디선가 들은 말로는 오래된 나무에는 나무를 지키는 혼령이 깃든다고 한다. 그 뒤로 엄마는 오래된 물건을 집에 들이지 않는다.

교실에서 녀석을 발견했을 때 일단은 되게 놀랐다. 녀석이 들어온 걸 아무도 눈치채지 못한 것 같았다. 녀석은 아이들 사이에 태연스레 앉아 있었다. 나는 조용히 녀석을 주시했다. 녀석은 내 자리에서 오른쪽 대각선 방향으로 한 줄 앞에 앉아 있었다. 눈가가 거무스름하고 전체적으로 까무잡잡한 데다 의자 뒤로 살랑 솟아오른 줄무늬 꼬리가 북실북실한 게, 녀석은 아무래도 너구리 같았다.

내가 보는 것들은 다채로웠다. 버스 정류장에 우울한 표정으로 서 있는 오랑우탄, 버스 창으로 목을 길게 내밀고 있는 펠리컨, 카페 구석 자리에 잔뜩 웅크리고 앉아 바나나셰이크를 코로 들이마시려 애쓰는 코끼리, 영화관 옆자리에서 화면에 좀비가 나올 때마다 소리 지르던 하이에나(굉장히 즐거워하는 표정이었다). 언젠가 편의점에서 핫도그를 데우려고 전자레인지를 열었을 때는 안에 이구아나 한 마리가 몸을 말고 자고 있었다. 나는 전자레인지 문을 조용히 닫고 데우지 않은 핫도그를 먹었다. 동물만 보이는 건 아니었다. 몹시 피로한 얼굴의 아저씨 등에 업힌 할아버지, 매일 노란 비옷을 입고 학교 앞

건널목에 서 있는 작은 남자아이, 동네 도서관 어린이실 구석 책장 사이에서 책을 읽던 해쓱한 얼굴의 여자아이. 모두 내 눈에만 보였다. 놀라기는 해도(전자레인지 안에서 이구아나를 발견하면 조금쯤은 놀라기 마련이다) 두려운 기분은 들지 않았다. 그런 존재들은 주위에 얼마든지 있었고 단지 사람들이 보지 못할 뿐이었다. 두려워해야 한다면 오히려 볼 수 없는 쪽이 두려워해야 하는 거 아닐까. 이구아나를 전자레인지 안에 넣고 돌려 버릴 수도 있기 때문이다.

아니, 그래도 말이다. 학교에까지 나타난 건 처음이었다. 빈 교실 안쪽에서 이따금 수런거리는 소리가 들리고 운동장 등나무 넝쿨 뒤로 언뜻언뜻 뿔 달린 거대한 보라색 꼬리가 보인 적은 있지만, 교실 안에 저렇게 교복까지 입고 떡하니 앉아 있다니 꽤 뻔뻔한 놈이다 싶었다. 눈가가 거무스름한 게 상당히 음침한 녀석일 것도 같았다. 무슨 속셈으로 교실에 앉아 있는 건가. 일단은 지켜보기로 했다.

오래전, 그러니까 유치원 다닐 때 같은 반에 머리에 둥그런 어항을 얹고 다니는 애가 있었다. 이름은 오라. 그 애가 아니라 그 애가 기르는 금붕어 이름이었다. 전체적으로 빨갛고 얼굴에 검은 점이 있는 귀여운 금붕어라고 했는데 그 애가 금붕어 이야기를 할 때마다 나는 그 애의 머리 위를 빤히 바라보았다. 머리 위의 어항이 기울어져 금방이라도 물이 쏟아질 것 같았기 때문이다. 물이 가득 담긴 어항 안에 금붕어는 한 마리도 없었다. 나는 늘 어항에 신경 쓰느라 놀이에도 집중 못하고 체육 활동 시간에도 잘 뛸 수 없었다. 물을 엎지른 적은 없는지, 목은 아프지 않은지, 금붕어는 어디로 갔는지, 궁금한 게 많았지만 나는 아무것도 묻지 않았다. 그런 걸 묻는 건 실례라고 어렴풋이 알고 있었다. 반에는 어항이 없는 애가 훨씬 많았기 때문이다. 어디에서 그런 예쁜 어항을 구할 수 있는지는 한 번 물은 적 있다. 그 애는 무슨 소리냐는 표정으로 코딱지를 팠다.

　내가 아파트 화단을 어슬렁거리는 판다를 구경하느라 엄마가 부르는 소리를 못 듣거나 슈퍼 아줌마 어깨 위에 솟은 앵두나무를 물끄러미 올려다보다 앵두는 언제 따냐고 물었을 때 엄마는 어두운 얼굴로 한숨을 쉬었다. 언젠가 엄마 친구가 집에 놀러 왔을 때 아줌마 뒤에 수줍게 숨어 있는 여자애에게 안녕, 하고 인사하자 엄마는 얼굴이 하얗게 질렸다. 엄마와 엄마 친구가 나를 슬쩍슬쩍 돌아보며 소곤소곤 이야기하는 동안 나는 그 애와 공룡 인형을 가지고 놀았다. 그 애는 말이 없고 얌전했고 내 공룡 인형을 아주 예뻐해 줘서 나는 그 애가 마음에 들었다. 그 애 이름은 유나였는데 유나는 언제 또 놀러 오냐고 엄마에게 물었을 때 엄마는 금방이라도 울 것 같은 얼굴이 되었다. 엄마 친구에게는 딸이 없었다. 그 뒤로 나는 일주일에 한 번 의사 선생님을 만나러 갔는데 선생님은 체온을 재는 대신 뭐가 보이는지 이야기해 달라고 했고 나는 별로

12

얘기하고 싶지 않았다. 엄마가 모르는 사람하고는 이야기하지 말라고 누누이 당부했기 때문이다.

시간이 흘러 나는 내가 보는 것들이 다른 사람에게는 보이지 않는다는 걸 알았고 그런 사실을 얘기해 봐야 별로 좋을 게 없다는 것도 깨달았다. 그래서 내가 보는 것에 대해 아무에게도 이야기하지 않았다. 특히 엄마 앞에서는 아무것도 보이지 않는 척했다. 엄마는 내가 뭘 보는지 늘 궁금해했지만 내가 본 것에 대해 이야기하면 슬픈 얼굴이 됐기 때문이다. 아빠는 내가 상상력이 뛰어나서 예술가가 될 거라고 했다. 난 예술가 같은 건 별로 되고 싶지 않았는데, 나는 상상하는 게 아니라 본 대로만 얘기할 뿐이었다.

4교시 끝나는 종이 울리자 아이들이 튀겨진 팝콘처럼 교실에서 튀어 나갔다. 애들 틈에 끼어 녀석도 급식실을 향해 질주했다. 녀석은 두루뭉술한 생김새와 달리 상당히 잘 뛰었다. 녀석 뒤를 바짝 쫓느라 나는 심장이 튀어나올 뻔했다. 녀석이 식판에 음식을 받고 두리번거리다 빈자리를 찾아 앉는 걸 보고 나는 그 맞은편 대각선 방향에 앉았다. 하필이면 담임 옆자리라 다소 망설였지만 그런 걸 따질 때가 아니었다.

"어, 닷다. 밥 많이 먹어라. 고기 좋아하냐, 닷다? 닷다는 젓가락질이 독특한 편이구나."

자꾸 말을 거는 담임 때문에 짜증 났지만 담임은 그렇게 나쁜 사람은 아니고 좀 눈치가 없을 뿐이라, 아, 네, 그렇습니다,

그런 말 좀 듣는 편입니다,라고 대충 대답하며 녀석에게 집중했다.

녀석은 놀랄 만치 식욕이 좋았다. 제육볶음과 치킨너깃을 게 눈 감추듯 하고 듬뿍 푼 밥도 금세 해치우고 된장국도 뚝딱이고 콩나물은 두 가닥 남겼고 손 안 댄 건 김치뿐이었다. 녀석이 빈 식판을 들고 일어나는 걸 보고 나는 남은 밥을 한입에 욱여넣고 벌떡 일어나 샘, 맛있게 드십시오, 인사하고 그래, 닷다, 밥을 참 빨리 먹는구나, 하는 담임의 말을 뒤로한 채 황급히 녀석의 뒤를 따랐는데 녀석은 급식 줄에 가서 서더니 마치 처음인 양 제육볶음과 치킨너깃과 밥을 푸짐하게 담아 빈자리에 앉아 다시 먹기 시작했다. 나는 정수기 앞에서 물을 마시는 척하며 녀석을 지켜보았다. 마시는 척만 하려고 했는데 물을 벌컥벌컥 세 잔이나 들이켜고 말았다. 왠지 목이 타기도 했고 제육볶음이 짜기도 했다. 녀석도 물을 마시러 오리라 생각했고 예상은 적중했다.

정수기 뒤에서 도대체 넌 누구냐고 단도직입적으로 묻자 (아무리 생각해 봐도 더 좋은 방법이 떠오르지 않았다) 녀석은 꽤 놀라는 눈치였지만 이내 순순히 대답했다. 자신의 이름은 물론 있지만 그것은 너구리의 말이라 발음하기 힘들 테니 좋을 대로 불러 달라고, 이왕이면 자신과 어울리는 이름으로 불러 주면 좋겠다고 했다. 그런 말을 듣고 보니 이게 또 굉장히 고민이 되었다. 아직 정식 인사도 나눈 바 없고 제육볶음과 치

14

킨너깃을 좋아하고 김치는 싫어한다는 것 외에는 아는 게 없
는데 어울리는 이름을 뭐라고 짓는다……. 고민하는 사이에
녀석이 내빼려 하기에 나는 잽싸게 녀석의 손을 꽉 잡았다.
손이 굉장히 부들부들하고 오동통했다. 온몸을 덮고 있는 북
실북실한 털 때문이리라.

"아, 오해는 마십시오. 화장실이 급해서 그런 것뿐이니까요.
인간 중에 간혹 눈 밝은 이가 있다는 말을 저희 할아버님께
듣기는 했지만 이렇게 직접 만나 뵙게 될 줄은 몰랐습니다.
제 입장으로서는 일진이 몹시 사납고 재수 옴 붙은 날이라고
아니할 수 없지만……. 그런데 실례지만 성함이 어떻게 되십
니까?"

보기보다 예의 바른 녀석이었다.

"닷다. 말은 놓지. 교복까지 입고 내게 존댓말 하는 건 아무
래도 이상하니까."

이상하기로 따지면 너구리가 교복 입고 학교 온 데 비할까
싶었지만 일단 바로잡을 건 바로잡자 싶었다.

"그래, 그럼."

녀석이 선선히 내 말에 따르는 걸 보니 이야기가 잘 풀릴
성싶기도 했다.

"여긴 왜 나타난 거야?"

"그게 말이지……. 조금 복잡한 사정이 있어."

"그럴 거라고 예상했어."

"그래서 말인데, 아이스크림 하나 먹으며 얘기하면 어떻게 정리될 것도 같아."

이런 너구리 같은 녀석.

매점에서 아이스크림을 하나씩 골랐다. 녀석은 하필이면, 아니 작정하고 그런 게 틀림없는데 가장 비싼 아이스크림을 골랐고 그렇다면 나도 질쏘냐 하며 똑같은 걸 골랐는데 계산은 내가 했다. 녀석이 아이스크림을 든 채 나를 빤히 바라보고만 있었기 때문이다.

녀석과 나는 운동장을 빙 두르고 있는 스탠드 구석에 가서 앉았다. 등나무 넝쿨이 그늘을 드리워 침침한 게 이야기 나누기 딱 좋았다.

"그러니까 지금까지 널 알아본 사람은 아무도 없었단 말이지?"

"그래, 네가 처음이라니까. 우리 할아버지 말씀으론 예전엔 드물지만 아예 없지는 않았는데 요즘은 눈 밝은 이가 통 없다더라. 그런데 여기 아이스크림에 콕콕 박힌 점 같은 건 뭐야?"

"바닐라빈일걸, 아마."

"흐음, 굉장히 풍미가 좋네. 바닐라빈 어때?"

"뭐가 어때?"

"내 이름으로 말이야."

아무려나.

"바닐라빈, 넌 왜 우리 교실에 나타난 거냐?"

"인간 세상으로 내려오는 데는 여러 가지 이유가 있지. 피치 못할 사정이 있달까."

녀석은 슬픈 표정으로 운동장을 가로질러 저 멀리 어딘가에 눈을 둔 채 한참 가만히 있었다. 아무래도 꺼내기 힘든 얘기인 모양이었다.

"아이스크림을 하나 더 먹으면 간단하게 정리할 수도 있을 것 같은데."

이런 너구리 같은 놈. 눈을 부라리니 녀석은 에헤헤, 웃기만 하고 딴청을 부렸다. 그래서 협상이 시작됐다. 내가 왜 너구리와 협상 같은 걸 해야 하는지 모르겠지만 우리 엄마 말에 의하면 원하는 걸 얻으려면 합당한 대가를 치러야 한다고 했고 그 말에 따라 나는 용돈 만 원을 더 받기 위해 한 달 내내 저녁 설거지를 하는 처지였다. 녀석의 입을 벌리려면 뭐라도 처넣어야 했다. 5교시 끝나고 아이스크림을 하나 더 사 주는 것으로 협상은 타결됐다.

"우린 에너지가 필요하거든. 너도 알다시피 모든 생명체가 그렇지. 이미 생명이 다했더라도 의지가 남아 있다면 그 역시 에너지가 필요하지. 그 에너지란 게 또 다양해. 은여우 님 같은 경우에는 분노를 에너지원으로 삼아. 그래서 은여우 님은 출근 시간 지하철 2호선과 퇴근 시간 강변북로를 주로 이용하시지. 그때 발산되는 에너지 수치가 최고거든. 광기와 흥분을 에너지원으로 삼는 존재들도 있지. 야구 중계를 유심히 보면 관중들 속에서 광분한 하이에나 떼를 볼 수 있을 거야. 걔들은 떼로 움직여."

"나도 본 적 있어. 영화관에서. 공포영화였지."

녀석이 내 말에 고개를 끄덕이더니 하이에나 떼는 놀이공원에도 자주 나타난다고 했다.

"고통, 슬픔, 증오, 그런 것도 역시 에너지가 크지. 그래서 유독 병원이나 사고 현장이 북적거려. 기쁨과 만족, 행복 같은 건 드물게 발생하고 발생하더라도 별로 양이 많지 않아서 인기 있는 에너지는 아니야."

"그러니까 너희들은 사람들의 감정을 에너지 삼아 산다, 이말이야?"

"보기보단 이해력이 좋은 편이네."

내가 눈을 부라리자 녀석이 또 에헤헤, 웃었다.

"그럼 넌 어느 쪽이야? 분노? 불만? 광기? 아니면 혹시 포기?"

나는 교실 안의 자욱한 분노와 불만과 광기와 체념 등등을 떠올리며 물었다.

"아, 난 그런 쪽은 아니야. 뭐랄까, 우리 종족은 보다 형상화된 것을 에너지로 삼지. 웬만하면 여기까지 안 내려오는데 요즘 상황이 매우 안 좋아. 아직 감자는 여물 때가 안 됐고 고구마는 멀었지. 버섯이며 산삼이며 사람들이 죄다 캐 가고 물은 말라서 피라미 한 마리 잡기 힘들지. 들쥐는 어찌나 약삭빠른

지. 뱀은 아무래도 좀 징그럽고……. 난 진짜 여기 마음에 꼭 들어. 반찬도 맛있고 쌀도 은근 좋은 거 쓰는 거 같더라?"

어이없었다. 급식 먹으러 학교에 온 거라니. 뭐, 워낙 몰리고 보면 그럴 수도 있겠다 싶었다.

"그럼 얌전히 급식만 먹고 가겠다는 거지?"

"그럼 뭐, 내가 전교 1등이라도 하러 온 걸로 보이냐?"

흠, 그렇다고 한다면. 나는 하던 대로 하면 된다. 아무것도 못 본 척하는 거다.

"그런데 혹시 어항에 대해서 아는 거 있어?"

무슨 소리냐는 표정으로 녀석은 나를 빤히 바라봤다. 눈가가 더 어두침침해 보였다.

녀석은 매일 학교에 왔다. 1교시에 맞춰 등교해서 체육 시간에 애들이 피구하는 걸 거뭇한 눈으로 흥미롭게 구경하다 급식 먹고 내빼기도 하고 아예 급식 시간에만 나타나기도 했다. 그러거나 말거나 뭐라 할 사람은 없었다. 어차피 매일 등교하는 너구리를 눈치챈 이는 아무도 없었으니까. 그 뒤로 녀석과 대화를 나눈 적은 없었다. 어쩌다 눈이 마주치면 슬쩍 눈인사를 나누긴 했다. 녀석은 거무스레한 눈가를 찡긋하며 웃었고 식욕은 늘 왕성했다. 나는 아무것도 못 본 척했고 그러다 보면 보여도 안 보이는 것 같기도 했다.

그 일이 있었던 건 중간고사가 끝난 며칠 뒤 점심시간이었다. 양치하러 갔는데 여자 화장실 앞이 이상하게 몹시 소란했다. 화장실 입구에 아이들이 모여 웅성거리고 있었고 발뒤꿈치를 들어 넘겨다보자 안에도 아이들이 꽉 차 있었다. 안에서 큰 소리가 들려왔는데 그 속에 남학생 목소리가 섞여 있었다. 주변에서 쏟아지는 말을 듣자 하니 남학생 둘이 여자 화장실에 숨어서 핸드폰으로 촬영을 하다가 여학생들에게 잡혔다고 했다.

그때 안에서 갑자기 비명이 울리고 잡아! 하는 고함이 들렸다. 남학생 둘이 여학생들을 거칠게 밀치며 튀어나왔다. 그 바람에 입구에 서 있던 아이들 몇이 쓰러지고 다들 놀라서 소리를 지르면서 순식간에 아수라장이 됐다. 남학생들은 그대로 달아나 버렸다. 그 뒤를 여학생 몇이 뒤쫓아 달렸다. 남은 여학생들은 화장실 문을 하나하나 열어 안을 꼼꼼히 살폈다. 나는 그걸 지켜보다 양치는 건너뛰기로 했다. 교실로 돌아오는데 복도 끝이 시끌벅적했다.

"싸움 났다!"

애들이 외치며 달려갔다. 싸움 구경이라니, 나는 그런 데 조금도 관심이 없었지만 우리 교실 쪽이라 어쩔 수 없이 싸움난 곳으로 향할 수밖에 없었다. 교실마다 아이들이 쏟아져 나와 우다다다 달렸다. 모두 왠지 잔뜩 신난 표정이었다. 점심시간이 곧 끝날 것 같아서 나는 다소 걸음을 빨리했다. 어쩌다 보니 나도 막 달리고 있었다.

늦었다. 학생부장 샘이 더 빨랐다. 복도가 떠나가게 선생님이 고함을 지르자 아이들은 물 맞은 개미 떼처럼 혼비백산해서 흩어졌다. 내가 도착했을 때는 바닥에 삼선 슬리퍼 한 짝만 뒹굴고 있었다. 그때 복도 구석에서 어두운 기운이 느껴졌다. 고개를 드니 녀석이 급식 메뉴를 살필 때처럼 탐욕스러운 눈을 빛내며 서 있었다.

녀석은 나를 보더니 반가워 죽겠다는 표정으로 말했다.

"늦었네. 좋은 구경거리를 놓쳤어."

"뭐, 뭐였냐?"

"은여우 님이 여기 있었으면 좋았을 텐데. 진짜 대단했다. 서로 멱살 잡고 할퀴고 발로 차고. 거 뭐냐, 핸드폰을 내놓으라 하고 안 주겠다고 하면서 아주 난리도 아니었다. 인간들이 핸드폰이란 걸 숭배하는 건 익히 알고 있었지만 이 정도까진 줄 몰랐어. 다 미친 거 같더라니까. 예전에 우리 아빠가 옆집 아저씨랑 한판 붙었을 때가 생각나더라. 그땐 메기 때문이었는데……. 핸드폰은 먹지도 못하는 거잖아. 어, 어디 가?"

너구리여, 수업 시작종이 울리면 이 몸은 교실로 돌아가야 한단다. 너구리는 수업 시간에 빠지건 말건 아무도 신경 쓰지 않겠지만.

나는 학교에서 일어나는 사건과 소문에 다소 느린 편이다. 눈이 밝은 대신 귀가 좀 어두운 편이라고 해 두자. 사실 학교에서 벌어지는 일들은 대부분 시시하기 짝이 없었고 알아 봐야 좋을 일도 별로 없었다. 하지만 5교시가 끝나자마자 급박하게 돌아 내 귀에도 도착한 소문에 따르면 싸움을 벌인 남학생 다섯과 여학생 셋이 학생부장 선생님에게 불려 갔고 남학생들은 5교시 수업 중에 교실로 돌아왔지만 여학생들은 여전히 학생부실에 남아 있다고 했다. 화장실에서 도망간 남학생은 둘이었는데 왜 다섯이 여학생 세 명과 싸웠을까? 그보다 더 궁금한 건 왜 남학생들만 풀려났는가였는데 아무도 속 시원히 답해 주지 않았다. 궁금증이 풀린 건 그날 수업이 끝난 뒤였다. 내게 자초지종을 말해 준 건 녀석이었다. 녀석은 오후 내내 학생부실에 있었다고 했다. 물론 녀석의 존재를 눈치챈 사람은 아무도 없었다.

"아니, 그 험상궂게 생긴 아저씨, 아, 학생부장 샘이야, 그 사람이? 부장 샘이 서로 사과하고 화해하고 빨리 수업 들어가라고 하니까 남학생들은 어, 미안, 그러더라고. 그치, 진심이라고 하는 것은 눈곱만치도 담겨 있지 않았고 그 자리만 모면하려고 눈 가리고 아웅인 게 뻔했지만 어쨌든 먼저 화해의 손길을 내밀긴 했지. 여학생들은 남학생들을 노려보기만 하더라. 그러고는 부장 샘한테 남학생들 핸드폰을 조사해 달라고 하더라고. 그래서 어떻게 되긴. 부장 샘이 되게 화냈지. 근데 여학생들이 좀 눈치가 없는 편이더라? 요령이 없다고 해야 하나. 그냥 미안, 한마디 하면 될걸, 핸드폰 조사가 먼저라고 빠득빠득 고집을 부리더라고. 그래서 뭐가 어떻게 돼. 부장 샘이 엄청 얼굴이 빨개져서 선생 말을 무시하냐고 고래고래 소리를 지르더니 남학생들은 교실로 돌아가고 여학생들은 남아서 반성문 쓰라고 했지. 근데 이거 말이야, 왜 콘 끝까지 아이스크림을 채우지 않은 거야? 여기 빈 데에 백 원어치는 더 들어가겠다. 안 그래?"

녀석은 침침한 등나무 그늘 아래에서 아이스크림 끝부분의 과자를 와작와작 씹으며 말했다. 물론 내가 사 준 아이스크림이었다. 아이스크림을 홀랑 해치운 녀석은 아쉽다는 듯이 입술을 핥으며 말했다.

"근데 맞을 만한 짓을 했으면 맞아야 하는 거 아냐?"

"무슨 소리야, 그게?"

"남학생들은 남자 화장실, 여학생들은 여자 화장실, 그게 규칙이잖아. 근데 남학생들은 규칙을 어겼잖아."

"그래도 폭력은 좀."

"아니, 그게 말이지, 먼저 때린 건 남학생들이었단 말이지."

"봤어?"

"그럼 봤지. 똑똑히 봤지. 게다가 남학생은 다섯, 여학생은 셋이었어. 그건 불공 아니야?"

"불공평이겠지."

"그래, 그거. 아이스크림 끝부분 같은 거지."

"그게 뭐야?"

"반칙이라고."

며칠 뒤 교실에서 또 다른 놈을 발견했을 때 나는 일단은 되게 놀랐다. 놀랐다기보다는 섬뜩했다. 놈의 생김새가 그랬다. 놈은 맨 끝줄, 뒷문 바로 옆에 웅크리고 있었다. 그러고 보니 녀석이 안 보였다. 교실 안을 둘러보자 바닐라빈은 자리를 옮겨 맨 앞에 앉아 있었다. 녀석의 뒷모습이 이상하게 불안해 보였는데 정수리 부분에 어수선하게 뒤엉킨 털 때문인 것 같았다. 나는 혹시 빗이 있나 가방 속을 뒤졌지만 그런 게 있을 리 없었다.

1교시가 끝나자 녀석이 조퇴하고 싶은 얼굴로 내 옆에 와 앉았다. 녀석이 먼저 내게 다가온 건 처음이었다. 녀석은 잔뜩 경계하는 눈초리로 뒷문 쪽을 힐끔거리며 내 귀에 속삭이듯 말했다.

"저기, 나 앞으로는 학교 못 나올 거 같아."

"어, 그래?"

"응, 이제 슬슬 감자 캘 때도 됐고. 당분간 바쁠 것 같아."

"어, 감자 캘 때 됐구나."

나는 뒷문을 슬쩍 보고 물었다.

"그런데 저건 뭐야?"

녀석이 한숨을 푹 쉬더니 대답했다.

"너도 웬만하면 빨리 피해. 저놈이 나타나면 끝이야."

나는 다시 뒷문 쪽을 바라봤다. 놈은 딱히 뭐라고 해야 할지 모를 형태였다. 굳이 표현하자면 악취 나는 음식물 쓰레기로 가득 찬 검은 비닐봉지처럼 보였다.

"지금은 저렇지만 삽시간에 커진다고."

"쟨 뭘 먹는데?"

"그게……"

녀석은 또 슬픈 눈으로 창밖 운동장을 바라봤다. 이런 너구리 같은 놈. 하지만 협상도 귀찮고 녀석이랑 아이스크림 먹으며 노닥거릴 기분도 아니었다. 저놈이 뭘 먹고 어떤 모습으로 자라든 상관없다. 어차피 내 눈에만 보일 뿐이니까.

"그럼 난 이만……"

"어, 지금 가는 거야?"

"아니, 급식은 먹고 갈 거야."

녀석이 제자리로 돌아가고 수업 시작종이 울렸다. 녀석의 뒷모습에는 아까보다 더 명백히 '몹시 불안함'이라고 쓰여 있었다. 나는 뒷문을 슬쩍 돌아봤다. 검고 불길한 것은 미동도 없이 웅크리고 있었다. 아이들은 졸거나 딴짓에 여념 없었다. 누구도 검은 형체를 눈치채지 못했다. 평소와 같았다. 하지만 영 찜찜했다.

녀석은 불안한 와중에도 변함없이 왕성한 식욕으로 급식을 세 번 받아먹고 부리나케 급식실을 빠져나갔다. 인사도 없이 가 버리다니 너구리 같은 녀석. 어째 계속 기분이 찜찜한 게 개운하게 양치나 하자 싶었다.

화장실에 가니 애들 몇이 마치 춤추듯 팔을 휘휘 젓고 있었다. 애들 손에 핸드폰이 쥐여 있었다. 유심히 보니 핸드폰에 빨간 셀로판지가 붙어 있었다. 인터넷에서 본 게 기억났고 애들이 뭘 하는 중인지 깨달았다. 몰카를 찾고 있었다. 나는 한참 지켜보다 양치를 포기하고 화장실에서 나왔다.

교실로 돌아가는데 등 뒤에서 누가 내 이름을 불렀다. 뒤돌아보니 옆 반 양다솔이었다. 작년에 같은 반이었는데 나와는 친하지도 안 친하지도 않은 사이였다. 그래도 또렷이 기억나는 게 하나 있었다. 양다솔은 오래달리기를 잘했다. 운동장을 네 바퀴 다 돌 때까지 양다솔의 보폭은 처음과 똑같이 안정되고 표정도 변함이 없었다. 양다솔이 내게 할 말이 있다고 했다. 완전 뜻밖이었다.

양다솔과 나는 스탠드 구석에 앉았다. 등꽃은 다 지고 잎이 무성해져서 더욱 침침한 그늘이 드리워져 있었다. 요즘 이 자리에 앉는 일이 유독 많았다. 양다솔은 하기 힘든 말을 꺼낼 때처럼 묵묵히 운동장을 바라보고 있다가 저기……, 하고 입을 열었다.

양다솔은 며칠 전 사건에 대해 얘기했다. 나는 아주 많이 놀랍지는 않았다. 조금은 예상하고 있었는지도 모른다. 양다솔은 그날 화장실 입구에 서 있다 달아나는 남학생들 뒤를 쫓았고 학생부장 선생님에게 불려 간 눈치와 요령 없고 고집 센 여학생 중 하나였다. 양다솔 말로는 그 일로 학폭위가 열릴 것 같다고 했다. 학폭위라니, 나는 적잖이 놀랐다. 하지만 그 야단법석을 떠올리니 그럴 수도 있겠다 싶었다. 양다솔의 뺨과 손목에 작은 반창고가 붙어 있었다.

"우리가 가해자야."

나는 멍하니 양다솔의 얼굴을 바라봤다. 아무래도 양다솔이 헷갈린 것 같았다.

"피, 피해자지."

"아니, 남학생 중 한 명의 부모가 신고했대. 우리가 폭력 가해자래. 이제 조사가 시작될 거야."

뭐가 어떻게 된 건지 뒤죽박죽이었다. 양다솔의 의중 역시 짐작되지 않았다.

"그런데 이런 얘기……, 나한테 왜 하는 거야?"

양다솔은 나를 잠시 바라본 뒤 말했다.

"너에게만 말하는 건 아니야. 목격자가 한 명이라도 더 있었으면 해서. 너도 그날 거기 있었잖아."

나는 고개를 돌려 운동장을 바라봤다. 운동장 가운데에서 남자애들이 축구를 하고 있었다. 축구 골대 뒤편으로 집으로 돌아가는 녀석이 보였다. 털이 북실북실한 꼬리가 좌우로 팔랑팔랑 움직였다. 녀석은 급식실 갈 때와는 달리 어찌나 걸음이 느릿한지 보는 내가 답답해 죽을 지경이었다. 한동안 눈으로 녀석의 뒤를 좇다 말했다.

"난 딱히 본 게 없는데."

양다솔이 나를 물끄러미 바라보다 말했다.

"그래, 알았어. 시간 내 줘서 고마워."

양다솔이 자리를 뜨고도 나는 그대로 앉아 운동장을 바라봤다. 보고 싶은 것도 볼 것도 딱히 없지만 멀거니 보고 있었다. 축구공이 골대에 꽂히자 남자애들이 환호성을 지르며 얼싸안았다. 녀석은 어느 틈에 사라지고 없었다.

다음 날 등교하니 어쩐지 교실이 답답하게 느껴졌다. 놈이 커져 있었다. 확실히 전날보다 몰라보게 커졌다. 검은 비닐봉지 같은 몸에 꼬리가 생기고 다리보다는 발에 가까운 뭉툭한 것도 여러 개 달리고 어깨쯤으로 짐작되는 곳에 뭔가 삐죽 솟아 있었다. 형상을 갖춰 가는 것 같은데 완성된 형체를 짐작하기 어려웠다. 그게 뭐가 됐든, 끔찍한 모습일 건 분명했다. 1교시가 끝나자 놈은 더 커져서 교실 뒤 책상과 사물함 사이의 공간을 완전히 차지하고 목을 복도 쪽 창으로 빼고 있었다. 뭘 에너지로 삼는지 몰라도 놈은 계속 자라고 있었다.

녀석은 보이지 않았다. 정말 감자를 캐러 간 모양이었다. 북실북실한 꼬리가 사라지자 교실이 왠지 허전해 보였다. 수업 시간 내내 나는 창밖으로 운동장을 내다보며 이것저것 생각했다. 실은 뭔가 생각해 보려 했지만 아무것도 생각할 수 없었다. 오줌이 너무 마려웠다. 한 번 마렵다고 생각하니 도저히 견딜 수 없었다. 수업 시간 끝나는 종이 울리자마자 화장실로 달려갔다. 금방이라도 오줌이 나올 것 같았지만 우선 벽과 천장, 바닥, 문과 손잡이, 휴지걸이와 변기 뒤까지 살핀 뒤에야 다급하게 변기 위에 앉았다. 아마 다른 애들도 그럴 것이다. 시원해지긴 했지만 나는 어쩐지 눈물이 날 것 같았다.

교실로 돌아오니 놈은 그새 더 커져 있었다. 교실을 반 넘게 차지하고 목과 꼬리도 더 길어졌다. 거대한 검은 몸뚱이가 아이들을 짓눌렀다. 물론 아이들은 아무것도 느끼지 못할 것이다. 창밖으로 내민 머리가 복도를 휘휘 돌아 교실 앞문으로 다시 들어왔고 놈과 내 눈이 마주쳤다. 심장이 멎을 것 같았다. 지옥에서 올라온 것 같은 끔찍한 눈이었다. 나는 아무것도 못 본 척, 칠판으로 눈을 돌렸다. 하지만 놈이 나를 빤히 쳐다보고 있는 걸 느낄 수 있었다. 그리고 다음 날, 학폭위가 열려 조사가 시작됐다는 소식을 들었다.

다시 나타났다. 녀석이었다. 눈가가 어두침침하고 두루뭉술한 녀석을 급식실에서 보자마자 달려가 덥석 안을 뻔했다. 그렇게 반가운 건 아니지만 안 반가운 것도 아니었다. 나는 조용히 다가가 녀석의 옆자리에 앉았다.

"감자는 다 캔 거야?"

녀석은 펄쩍 뛰어오를 듯이 놀라더니 에헤헤, 하고 머쓱한 표정으로 웃었다.

"밥만 먹고 가려고 했는데."

녀석이 다시 나타난다면 오늘일 줄 알았다. 오늘 급식 반찬은 제육볶음이었고 녀석은 제육볶음이라면 환장했다. 내 제육볶음을 녀석에게 덜어 줬더니 녀석은 더 갖다 먹으면 되는데 굳이 이럴 것까진, 하면서도 좋아라 하며 와구와구 먹었다. 아이스크림도 하나 물려 주자 녀석은 좋아서 코까지 벌렁거렸다.

"놈이 엄청 커졌어. 지금쯤 교실보다 더 커졌을걸."

"그렇다니까."

"그런 건 처음 봐. 정체가 뭔지도 모르겠고. 도대체 뭐야, 그게?"

녀석이 뭐라고 했는데 무슨 말인지 전혀 알아들을 수 없었다. 쇠를 긁는 듯한 날카롭고 불길한 소리였다. 너구리 언어인 모양이었다. 놈이 뭐든 상관없었다. 얼마든지 커져도 역시 상관없다. 어차피 아무도 볼 수 없으니까. 놈을 볼 수 있는 건 나뿐이다. 조금, 아니 상당히 섬뜩하긴 하지만 모른 척하면 된다. 언제나 그랬듯이 안 보이는 척하면 된다. 그러다 보면 또 안 보이는 것 같아지리라.

나는 들고 있던 내 아이스크림을 녀석에게 내밀었다. 녀석은 거의 숨넘어갈 듯이 기뻐했다. 녹아서 주르르 흐르는 아이스크림을 녀석은 정신없이 핥았다. 눈 깜짝할 사이에 아이스크림을 해치우고 녀석은 손을 쪽쪽 빨았다.

"뇌물을 바치는 것으로 보아 뭔가 꿍꿍이가 있는 게로군."

"넌 호의라는 단어도 모르냐."

"인간의 호의라는 건 조금 알고 있지. 웃는 얼굴로 다가오는 인간을 조심하라는 게 우리 할아버지의 말씀이셨지. 넌 특히 웃으면 굉장히 이상해 보이니 웃지 않는 게 나을지도 몰라."

내가 눈을 부라리니 녀석은 에헤헤 웃었다.

"일단 얘기해 봐. 평소 안색이 어둡지만 오늘따라 더욱 어두운 게 어디 가서 말도 못 하고 끙끙대고 있나 본데. 뭐야? 연애 문제? 그럴 리는 없고……. 그럼 혹시 변비냐? 아니면 진로 문제? 교우 관계? 보험? 재테크? 난 가리지 않고 뭐든 상담 가능하니까 얘기해 봐."

"그런 거 없어."

"그래, 그럼."

녀석과 나는 나란히 앉아 멍하니 운동장을 바라봤다. 운동장 가운데에서 남학생들이 축구를 하고 있었다. 왠지 모르지만 나는 오래달리기 잘하는 양다솔을 생각하고 있었다. 뙤약볕 아래 운동장 둘레를 돌던 양다솔. 다들 네 바퀴만 채우자고 대충 뛰는 시늉만 하는데 양다솔은 줄곧 달렸다.

한번은 거의 걷다시피 하고 있는 내 옆으로 양다솔이 따라붙었다. 양다솔은 나보다 한 바퀴 더 빠른 상태였다. 양다솔은 일부러 나와 보폭을 맞춰 주고 있었다. 나는 어쩔 수 없이 속력을 냈고 우리는 한동안 나란히 달렸다. 그러다 나는 헉헉거리며 양다솔에게 손을 파닥거려 먼저 가라는 신호를 보냈다. 양다솔은 앞으로 성큼 나서더니 서너 걸음쯤 간격을 두고 달리기 시작했다. 나는 양다솔의 곧은 등을 보며 따라 달렸다.

시원시원하게 쭉쭉 뻗는 팔과 다리를 보는 게 좋았다. 흔들림도 없고 지치는 기색도 없었다. 내내 그렇게 달렸다. 더 가까워지지도 더 멀어지지도 않고, 함께 달리고 있다는 기분이 드는 만큼의 거리를 유지한 채로 우리는 달렸다. 그대로 달려 어디라도 갈 수 있을 것 같았다.

"저기, 이거 줄게."

녀석이 주머니 속에서 뭔가 꺼내 내밀었다.

"오다 주웠어."

"이게 뭐야?"

"핸드폰이잖아. 인간들이 몹시 좋아하는 것."

너구리여, 주운 물건은 선물하는 게 아니라 주인을 찾아 돌려줘야 하는 것이다. 기가 막혀서 녀석을 보자 녀석이 어두침침한 눈으로 씩 웃었다.

"어디서 주운 건지 무지 궁금한 표정이구나. 그렇게 알고 싶다면 살짝 힌트를 주지. 그날 말이야, 그 눈치도 요령도 없는 여학생들이 뭘 그렇게 보고 싶어서 남학생들 핸드폰을 자꾸 보여 달라고 하나 궁금하더란 말이야. 그 아저씨, 그래, 부장 샘도 궁금했는지 남학생들한테 핸드폰을 달라고 해서 들여다보더라고. 그러더니 얼굴이 엄청 빨개져서, 아니, 아니, 그게 부끄럽다기보다는 뭔가 못 볼 걸 봤는데 못 본 척해야 하는 그런 얼굴이 돼서는 말이야, 도로 남학생한테 핸드폰을 돌려주더라고. 그러고 이상한 건 아무것도 없다고 여학생

들한테 괜히 예민하게 굴지 말라고 그러더라고. 저기, 예민하
단 건 무슨 뜻이야? 잘못된 걸 지적하고 고쳐 달라는 뜻이야?
아무튼 부장 샘이 남학생들만 먼저 교실로 돌아가라고 하길
래…….”

“그때 주운 거구나, 남학생 핸드폰을.”

“그렇지. 그때 주운 거지. 보기보다 이해력이 좋다니까.”

내가 눈을 부라리자 녀석이 에헤헤, 웃었다.

“이제 나는 슬슬 가 봐야겠다.”

녀석이 일어나며 말했다.

“감자 캐러?”

“그래, 그것도 그렇고.”

“제육볶음은 다다음주 수요일이야.”

“알고 있어.”

녀석이 에헤헤, 웃었다.

“참, 놈은 뭘 먹는 거야?”

내가 물었다. 녀석이 내 귀에 대고 작게 속삭였다. 내 짐작
이 틀리지 않았다. 그리고 녀석은 북실북실한 꼬리를 살랑살
랑 흔들며 운동장을 빙 돌아 사라졌다.

나는 녀석이 준 핸드폰을 들고 교실로 향해 걸었다. 양다솔
이 교실에 있을지 모르겠다. 우선 좀 웃어야지. 웃으면 이상
하다고 녀석이 그랬지만 그래도 웃는 게 나을 거야. 왜냐하면
하기 힘든 말을 꺼낼 때나 되게 미안할 때면 사람들은 입꼬

리를 약간 올리고 어색한 표정을 짓곤 하니까. 하지만 양다솔 앞에서는 그럴 필요 없을지도 몰라. 내가 어떤 마음으로 찾아 왔는지 양다솔은 다 알 것 같아. 어쩐지 그럴 것 같아. 그럼 웃지 않고 할 말이 있다고 얘기해야지.

나는 마음속으로 연습해 보며 걸었다. 내가 뭘 봤냐면, 양다솔. 우리 반 교실에 흉측한 놈이 하나 들어왔거든. 사실 난 놈이 그렇게 낯설지는 않은데 늘 놈이 근처에 있었던 것 같은 기분이 들어. 처음에는 눈에 띄지 않을 정도로 작았는데 어두운 구석에서 먹이를 주워 먹고 놈은 어느 순간 걷잡을 수 없이 커졌어. 보고도 못 본 척하는 동안 놈은 어마어마하게 커져 버린 거지. 그렇게 다들 괴물을 키우고 있었던 거야. 믿기 어려울지도 모르지만, 양다솔, 나는 내가 본 것을 너에게 얘기하고 싶어. 너에게는. 그리고 어쩌면 다른 아이들에게도 언젠가는.

교실 문을 열자 양다솔이 고개를 들어 나를 봤다. 나는 그 눈을 똑바로 마주 보았다.

제비뽑기가 시작됐다. 광장에 모인 사람들이 침묵한 채 단상 위를 주시했다. 단상 가운데에는 검은 나무 상자가 하나 놓여 있고 그 뒤로 아이들이 한 줄로 길게 서 있다. 아이들은 모두 마흔세 명이다. 갑자기 군중 속에서 술렁이는 소리가 나더니 쓰러진 여자 하나가 들것에 실려 나간다. 단상 위에 여자의 딸이 서 있었다. 마흔세 명 중 가장 어린 아이로, 사흘 전에 열다섯 살이 되었다. 단상 위의 아이는 제 엄마가 실려 가는 걸 보고서도 무표정하다. 다른 아이들 역시 마찬가지다.

　시장이 단상에 올라 가운데에 섰다. 거드름 피우며 군중을 내려다보는 늙고 살찐 시장의 눈은 수백 년 묵은 뱀 같다. 그 눈을 돌려 먹잇감 보듯 단상에 선 아이들을 훑자 아이들은 몸을 부르르 떤다. 아이들은 열다섯에서 열일곱 살 사이, 모두 여자아이들이다.

시장이 오른쪽 맨 끝에 서 있는 아이에게 손가락을 까딱여 나오라는 신호를 보냈고 아이는 마치 뱀의 주술에 걸린 작은 동물처럼 얼빠진 얼굴로 휘적휘적 걸어 나무 상자 앞에 섰다. 파리하고 눈가가 거뭇한 아이는 열일곱 살, 올해로 세 번째 단상에 섰고 지난 3년 동안 푹 자 본 적이 거의 없었다. 처음 단상에 서기 1년 전인 열네 살 때부터 잠을 설쳤다. 아니, 단상에 선다는 게 어떤 의미인지 안 뒤로 단 하루도 맘 편히 잔 적 없었다. 이 도시의 여자아이들 모두 그랬다. 아이는 지난 2년은 운이 좋았다. 올해도 운이 좋다면 남은 세월은 악몽에 시달리지 않을 것이다. 아이는 제발 붉은 점이 찍힌 제비를 피할 수 있길 간절히 빌며 상자 속에 손을 넣었다.

아이가 뽑은 제비를 시장에게 건네주자 시장은 사람들의 주목을 즐기듯 과장된 동작으로 쪽지를 천천히 펼쳐 들여다본 뒤 사람들 앞에 내보였다. 군중 속에서 함성과 탄식 소리가 뒤섞여 터져 나왔다. 시장이 아이에게 제비를 보여 주자 아이는 울음을 터뜨리며 무너지듯 주저앉는다. 종이에는 아무 표시도 없었다. 남은 마흔두 명의 아이들은 첫 번째 아이의 행운을 미칠 듯이 부러워하고 다시 떨기 시작한다.

다음 아이가 시장의 손짓에 불려 나간다. 뒤에 남은 아이들은 핏기 가신 얼굴로 제비를 뽑는 아이의 손끝만 바라본다. 저 아이가 무사하길 비는 한편 저 아이로 끝났으면 하고 아이

38

들은 간절히 바란다. 그런 생각을 했다는 것에 아이들은 흠칫 놀라며 죄책감에 시달린다. 아이들은 아직은 죄책감이 무엇인지 알고 있다. 두 번째 아이가 웃음과 울음, 오만 감정이 북받친 얼굴로 단상에서 내려가는 걸 무나는 멍한 얼굴로 바라본다. 끝에서 세 번째에 선 무나는 단상에 선 건 처음이고 8개월 전에 열다섯 살이 됐다. 무나의 생일날 여동생 빼고는 아무도 축하해 주지 않았다. 이 도시에서 여자아이가 축하받는 날은 단 하루뿐이다.

마흔 명의 아이들이 단상을 내려갔다. 그들은 오늘 하루만큼은 마음껏 자신의 운에 감사하며 기뻐할 것이다. 그중 몇은 다시 단상 위로 돌아오지 않아도 된다. 상자 안에 세 개의 제비가 남아 있고 그중 하나에 붉은 점이 찍혀 있다.

무나는 옆에 선 아이와 손을 잡고 있었다. 단상에 오를 때 그 아이가 휘청거렸고 무나가 손을 잡아 주었다. 그 뒤로 아이가 한사코 무나의 손을 놓지 않았다. 오늘 처음 본 사이고 서로 이름도 모르지만 그런 건 중요치 않았다. 뭐라도 잡을 수 있다면 잡고 싶었다. 이제는 손을 놓아야 할 때였다. 시장의 손가락이 무나를 가리켰다.

무나가 상자 앞에 섰다. 기름칠해서 윤을 낸 상자는 반들반들했다. 들은 소리로는 1년 내내 눈과 얼음으로 덮여 있는 헤카테산 꼭대기에 서 있던 벼락 맞은 나무로 만든 상자라고 했다. 검게 완전히 타 버린 나무는 돌처럼 단단해서 도끼로 찍어도 흠집 하나 나지 않는다고 했다. 상자는 수십 년 동안 쓰여 왔고 앞으로 수십 년 더 쓸 것이다. 어쩌면 수백 년. 이 도시가 존재하고 여자아이들이 남아 있는 한.

무나가 상자 가운데에 뚫린 동그란 구멍 안으로 손을 집어넣는다. 손가락 끝에 세 개의 제비가 만져진다. 운이 무나의 편이 되어 줄 확률은 3분의 2. 행운의 확률이 높다.

무나는 자신이 특별히 운이 나쁘다고도 좋다고도 생각하지 않았다. 공부를 게을리하면 시험 성적이 나빴고 좀 더 노력하면 약간 점수가 올랐다. 오빠처럼 방을 혼자 쓰고 싶었지만 동생과 함께 쓰는 것도 나쁘지 않았다. 열 살 난 동생은 늘 무나를 강아지 같은 눈으로 올려다봤다. 무나는 강아지 같은 동생이 하나 있었으면 했는데 그 소원이 이루어졌으니 운이 좋은 셈이었다. 아니, 그것은 운과는 상관없는 일일지도 모른다. 소풍날 비가 오지 않거나 체육대회 날 비가 오기를, 혹은 수학 시간에 선생님이 자신의 이름을 부르지 않았으면 하는 정도의 작고 소소한 운은 바란 적 있다. 하지만 지금 무나는 혹 행운이란 게 있다면, 절실히 붙잡고 매달리고 싶었다.

무나는 더듬거려 자신의 행운을 찾는다. 아니, 불운을 피하려고 필사적으로 손가락을 움직인다. 이것인가? 아니, 어쩌면 다른 것. 무나는 이대로 시간이 정지됐으면 좋겠다. 하지만 그런 일은 일어나지 않는다. 군중들은 빨리 뽑으라고 고함 지르고 시장은 짜증스러운 표정으로 기다린다. 마침내 무나가 제비를 하나 뽑아 시장에게 내민다. 시장이 여러 번 접은 종이를 펼쳐 보고 무나의 얼굴을 힐긋 쳐다본다. 그리고 제비를 군중 앞에 번쩍 들어 올린다. 우레와 같은 함성이 쏟아진다. 기뻐 날뛰는 사람들. 무나는 자신이 뽑혔다는 것을 알았다.

단상 아래에서 기다리고 있던 관악대가 힘찬 팡파레를 쏟아 냈다. 하늘로 폭죽이 솟아오르고 잘게 자른 색종이가 꽃잎처럼 나부꼈다. 태어난 이래 받은 가장 큰 축하 속에서 무나는 이를 악물고 눈물을 참는다. 무나는 손뼉 치고 환호성 지르는 사람들 가운데서 자신의 가족을 발견했다. 엄마와 아빠는 서로 부둥켜안고 있어 얼굴이 보이지 않았고 오빠의 표정은 눌러쓴 모자에 가려 있었다. 얼굴이 눈물범벅이 된 동생만이 무나를 바라보고 있고 무나는 동생에게 미소를 지어 주고 싶지만 차마 그렇게 하지 못한다.

날카로운 소리가 울렸다. 시장이 잡은 마이크가 꽥꽥 비명을 내지르자 단상 아래는 일순 잠잠해진다. 만족한 얼굴로 시장이 입을 연다. 아직 끝이 아니다. 다리가 후들거리고 눈앞이 침침했지만 무나는 간신히 버텨 낸다.

"이 아이를 대신해 기꺼이 숭고한 임무를 받들 사람 있습니까?"

시장은 연극 대사를 읊듯 과장된 어투로 외치고 뱀 같은 눈으로 군중을 둘러본다.

"열나섯 살에서 열일곱 살 사이, 몸과 마음이 모두 건강한

이 도시의 시민! 이 아이 대신 숭고한 길을 가길 희망하는 자, 없습니까?"

무나는 군중을 바라본다. 단상에서 내려간 아이들은 고개를 돌려 외면했다. 그들은 오늘 뭇의 행운을 차지했고 그 행운을 놓칠 생각이 없다. 단상에서 내려간 아이들의 부모와 그들의 친척과 친구와 이웃들을 비롯해 모든 사람이 험악한 얼굴로 무나를 노려본다. 너에게 주어진 숭고한 임무를 회피해서는 안 된다고, 그들의 눈은 무나를 압박하고 있다.

무나는 자신의 가족을 바라본다. 무나의 오빠는 열일곱 살이고 감기 한 번 앓은 적 없이 건강했다. 오빠는 고개를 숙여 무나의 눈을 피한다. 엄마는 손수건에 얼굴을 묻고 있고 아빠는 혹시나 하고 사방을 두리번거렸다. 하지만 쓸데없는 짓이라는 건 그도 잘 알고 있다. 제 오빠도 마다하는데 누가 남을 위해 나서겠는가. 무나 생각에 이 모든 것을 제일 잘 이해하고 있는 건 어린 여동생뿐이다. 동생은 울부짖으며 사람들을 헤쳐 무나에게 달려오려 한다. 하지만 이내 아빠에게 잡혀 몸 부림친다. 언니를 애타게 부르며 동생은 운다.

"없습니까?"

시장이 외치고 군중을 한 번 내려다본 뒤 만족한 얼굴로 선언한다.

"이것으로 결정되었습니다."

다시 팡파레가 울린다. 사람들은 환호한다. 그들은 무사하다. 적어도 내년 오늘까지는. 사람들은 기쁨에 겨워 춤을 추기 시작한다. 단상 위의 아이 때문에 목숨을 부지하게 됐지만 그들은 이미 무나를 잊었다. 자기만 아니면 누구라도 상관없었다.

한 시간 뒤 무나를 실은 차가 달리고 있다. 무나는 차 뒷좌석, 체구가 큰 경찰관들 사이에 끼어 잔뜩 웅크리고 앉아 있다. 무나의 손에는 수갑이, 발목에는 족쇄가 채워졌다. 몇 해전 제비를 뽑은 아이가 탈출을 시도한 뒤로 생긴 규칙이다. 그 아이는 탈출에 성공하지 못했다. 무나가 탄 차 앞뒤로 호위하듯 검은색 차가 달린다. 시장과 시의원들이 탄 차였다. 세대의 차는 빠르게 도시를 빠져나가 먼지를 자욱하게 일으키며 메마른 땅 위로 달려간다.

"먹을래?"

왼쪽에 앉은 경찰이 무나에게 초콜릿을 권했다. 무나는 고개를 저었다.

"그럼 껌이라도 씹을래?"

무나는 다시 고개를 저었다.

"어이, 그냥 내버려 둬."

오른쪽에 앉은 경찰이 말했다.

왼쪽의 경찰이 초콜릿 포장지를 벗겨 한입에 넣고 앞좌석을 향해 말했다.

"라디오나 켜 봐. 지루해 죽겠어. 꼭 어디 숙으러 가는 것처럼……."

황급히 입을 닫은 경찰은 이 사이에 남은 초콜릿을 쩝쩝거
리며 핥았다.

"혹시 어디 불편한 데 있니?"

오른쪽의 경찰이 무나에게 물었다. 정말 이상한 질문이었
다. 무나는 이 상황 전부가 불편했다.

"창문을 열어 주면 좋겠는데요."

"그건 안 돼. 대신 에어컨을 켜지."

무나는 바람을 좀 맞고 싶었을 뿐이다. 초원에서 불어오는
바람. 저 멀리 얼음으로 덮인 헤카테산 꼭대기로부터 골짜기
를 타고 단숨에 달려온 바람이 얼굴을 때려 주면 이 상황이
진짜라고 실감할 수 있을지도 모른다.

언니, 잠이 안 와.

전날 밤 동생은 침대에 나란히 누워 무나에게 속삭였다.

책 읽어 줄까?

언니가 제비를 뽑으면 어떡해.

그럴지도 모르지. 하지만 아닐 수도 있어.

그건 무나의 바람이었고 동생이 믿고 싶은 것이었다.

정말 제비로 뽑힌 사람을 괴물에게 바쳐?

그래.

괴물은 어떻게 생겼어?

나도 몰라.

도시에는 괴물에 대한 수많은 소문과 전설이 떠돌았다. 아이들이 스케치북에 가장 즐겨 그리는 것은 괴물이었다. 아이들이 그린 괴물의 모습은 다양했다. 날개가 달린 공룡, 날카로운 이빨을 지닌 설인, 꼬리가 세 갈래인 용, 길게 찢어진 붉은 입을 가진 머리, 거대한 검은 개나 사자를 닮은 모습이기도 했다. 아이들은 자신이 상상할 수 있는 가장 무시무시한 모습으로 괴물을 그렸다. 괴물을 똑똑히 본 사람은 아무도 없었다.

아이들은 밤마다 자지러지게 울며 깨어났다. 꿈에서 본 괴물의 모습을 엄마에게 얘기하며 아이들은 흐느꼈다. 주민 대부분 어릴 적에 그런 악몽을 꿨다. 말을 듣지 않거나 우는 아이에게 어른들은 괴물이 잡아간다고 했고 언제나 효과가 있었다. 어른들 역시 어렸을 때 그렇게 길들여졌다. 공포와 불안이 그들을 키웠다. 어릴 때 그토록 두려워했던 것으로 제 아이를 겁줄 수 있는 건 그들이 용감해져서가 아니라 공포에 무뎌졌기 때문이었다. 더 이상 단상에 올라가지 않아도 된다는 안도가 괴물을 무관심, 혹은 망각이라는 이름의 동굴에 가뒀다. 대부분의 어른에게 괴물의 존재는 흐릿해졌다. 하지만 어떤 이들에게는 또렷이 남기도 했다. 괴물의 모습을 시장, 이웃, 또는 부모로 떠올리는 이들이 있었고, 그들은 단상에 올라갔던 여자들이었다.

괴물은 나쁜 놈이지?

동생의 질문에 무나는 잠시 생각한 뒤 대답했다.

아마 그럴 거야.

왜 사람들은 싸우지 않아?

무나도 그게 늘 궁금했다.

나쁜 괴물은 싸워서 물리쳐야지. 그렇지 않아, 언니?

그건 동화책에나 나오는 얘기였다. 하지만 무나는 동생에게 그런 말을 할 수 없었다. 그래서 대신 말했다.

책 읽어 줄게.

이제 동생은 혼자 책을 읽어야 할 것이다. 동생을 생각하자 눈물이 날 것 같았고 무나는 울지 않기 위해 눈을 몇 번 깜박거렸다.

경찰들은 내게 수갑을 채울 게 아니라 괴물을 잡아 그놈의 목에 족쇄를 채워야 하지 않는가. 무나는 그렇게 생각했지만 그 또한 입 밖에 내지 않았다. 경찰들은 자신의 임무를 다할 뿐이다. 제물로 뽑힌 아이를 괴물에게 무사히 바치는 임무, 그럼으로써 도시를 안전하게 지키는 임무. 사람들이 원하는 게 그거다. 무사와 안녕. 자신의 목숨을 부지하고 가진 것을 지키고 누려야 할 것을 누리기를 원한다. 아주 쉬운 방법이 있다. 아이를 하나 바치기만 하면 된다. 제비뽑기라는 민주적인 절차에 의해. 제비뽑기로 제물을 정하자는 것 역시 민주적인 절차에 의해 결정됐다. 무나는 그것에 찬성한 적 없다. 도시의 어떤 아이도 찬성한 적 없다. 아이들에게는 찬성도, 반대할 기회도 주어지지 않았다. 무나는 말없이 정면만 응시한다. 차창으로 자욱한 먼지가 달려들었다.

한 시간쯤 더 달린 뒤 차가 멈춘다. 무나는 경찰에게 양팔을 붙들린 채 차에서 내렸다. 도시의 경계 지역이다. 무나는 전에 도시 경계선에 와 본 적 없다. 도시 주민들 대부분이 그랬다. 공기는 건조하고 주위는 황량하다. 불그죽죽한 땅 위에 더부룩한 잡목 덤불이 간간이 눈에 띌 뿐이다. 멀리 푸른 하늘 아래로 하얀 헤카테산의 정상이 또렷하게 보였다. 약초를 구하거나 산짐승의 가죽을 얻으려고 몰래 산을 오르는 이들이 있다고 들었다. 들킨 자는 엄하게 벌해진다. 도시 경계선 밖으로 나가는 건 불법이었다. 경계선 너머는 위험했다. 그곳은 괴물의 영역이었다.

시장이 차에서 내려 무나에게 다가왔다. 시장은 잠이 덜 깬 얼굴이었고 희미하게 술 냄새가 났다. 시장이 짜증스러운 표정으로 말했다.

"날씨 한번 지랄맞군."

"이제 선선해질 겁니다. 곧 해가 질 테니까요."

시의원 하나가 달래듯 말했지만 시장의 얼굴에 짜증은 가시지 않았다. 시장이 한 남자에게 손가락으로 신호를 보내자 그가 무나에게 작은 병을 내민다.

"마셔라."

시장이 말했다.

무나는 고개를 저었다. 병에는 탁한 갈색의 액체가 담겨 있고 무나는 목이 말랐지만 마시고 싶지 않았다.

"마시는 게 좋을 거다."

무나는 그제야 선택할 수 있는 게 아니라는 걸 깨달았다. 무나는 잠자코 병에 든 것을 받아 마셨다. 아무 맛도 나지 않았다.

시장을 선두로 사람들은 무나를 에워싸고 걷기 시작했다. 멀리 이상하리만큼 잎이 무성하고 거대한 나무 한 그루가 서 있었다. 무나는 족쇄 때문에 걷기 힘들었다. 옆에서 팔을 하나씩 잡은 경찰에게 질질 끌려가는 모양새로 무나는 커다란 나무 앞에 도착한다. 멀리서 볼 때보다 나무는 훨씬 더 우람했다. 줄기가 어른 둘이 팔을 벌려 둘러싸도 모자랄 정도였다.

무나는 거세게 몸부림쳤다. 딱히 달아날 생각은 아니었다. 소용없다는 건 알지만 순순히 묶이기는 싫었다. 하지만 그건 무나의 생각일 뿐이고 실제로 무나는 저항 한번 제대로 못 했다. 무나는 아까 마신 액체의 용도가 무엇인지 깨달았다. 무나의 몸이 축 늘어졌다. 무나를 나무에 단단히 묶기 위해 아주 길고 튼튼한 밧줄이 쓰인다.

무나는 정신이 몽롱해졌다. 눈앞의 모든 것이 보이고 사방의 소리가 들리지만 어쩐지 뚝 떨어진 세상의 것들처럼 아득하다. 시장과 사람들이 차로 돌아가는 게 보였다. 그들은 차에 탔지만 바로 떠나지 않았다. 뭔가 기다리는 것 같다. 아니면 뭔가 확인할 게 있거나.

밤이 내리기 시작한다. 공기가 차가워지고 어둠이 차츰 진해진다. 무나는 점점 더 머리가 무거워졌다. 밤하늘에 뜬 이지러진 달만이 황량한 벌판을 희미하게 비췄다. 어느 순간 무나의 고개가 툭 떨어진다. 기다렸다는 듯이 나무 뒤로 거대한 그림자가 나타났다. 그림자가 무나를 덮치는 순간 자동차들은 쏜살같이 내뺐다.

낯선 곳이었다. 죽음 저편의 세상은 무나의 상상과 전혀 달랐다. 무나는 누운 채 하얀 천장을 가만히 바라봤다. 손발을 옥죄던 수갑과 족쇄는 사라지고 없었다. 살짝 손가락을 움직여 봤다. 다리도 움직였다. 잠시 뒤 무나는 깨닫는다. 살아 있다. 죽지 않고 살았다. 무나는 나무 침대 위에 누워 있었다. 작은 집 안이었다. 하얀 천을 내려뜨린 창으로 빛이 부드럽게 스며들었다. 물건은 적었고 잘 정돈되어 있었다. 투박한 나무 테이블이 놓여 있고 돌로 쌓은 벽난로 옆으로는 부엌이었다. 아궁이 위에 냄비가 끓고 그 앞에 여자가 하나 서 있다.
"일어났어요?"
여자가 무나를 살피러 왔다가 말했다. 젊은 여자다. 볕에 탄 얼굴, 그 위로 엷은 미소가 떠올랐다.
"아침 먹어야죠. 거의 점심때가 다 됐지만. 배고프지 않아요?"
여자의 말을 듣고 보니 갑자기 허기가 밀려왔다. 무나는 어제 종일 굶었고 며칠 전부터 잘 먹지 못했다.

테이블 위에 음식이 차려졌다. 수프 한 그릇과 커다란 빵 한 덩어리. 무나는 정신없이 먹었다. 음식을 다 먹고 나서야 무척 맛있었다는 것과 고맙다는 말도 잊었다는 걸 깨달았다. 여자는 빈 그릇에 수프를 채우고 빵도 한 조각 더 가져다주었다. 무나는 이번에는 고맙다고 말하고 가능한 한 천천히 먹었다. 먹고 난 다음에는 어떻게 되는 걸까. 먹인 뒤에 괴물의 밥으로 던져 주는 걸까. 온갖 의심과 두려움이 머릿속에 소용돌이쳤다. 무나는 어젯밤 무슨 일이 있었는지 전혀 기억나지 않았다.

"여긴 어디죠?"

"내 집이에요. 당분간 여기 머물다가…… 아, 이름이 뭐죠?"

"무나예요."

"무나……. 반가워요. 난 수예요. 우선은 나와 함께 지내도록 해요. 무나의 집을 다 지을 때까지요."

"제 집을 짓는다고요?"

"살 집이 있어야죠. 다들 도와줄 거니까 짓는 데 그리 오래 걸리지 않을 거예요. 우리는 집 짓는 데 이제 선수가 됐죠."

"우리?"

"이제 보여 줄게요."

무나는 수를 따라 집 밖으로 나갔다. 신선한 냄새가 생생하게 풍겨 왔다. 숲이었다. 나무와 흙으로 지어진 수의 집은 밖에서 보니 더 작았고 걷다가 뒤돌아보니 나무 사이에 숨겨져 눈에 잘 띄지 않았다.

한동안 걷자 울창한 나무로 둘러싸인 널찍한 빈터가 나왔다. 그곳에 사람들이 모여 있었다. 풀 위에 앉거나 나무에 기대어 서 있거나 바위 위에 올라가 앉은 사람들이 무나에게 미소를 지어 보였다. 무나가 속으로 헤아려 보니 대략 50명 정도였다. 모두 여자였다.

사람들에게 에워싸여 풀 위에 앉아 있던 여자가 일어나 무나에게 다가와 섰다. 머리가 눈처럼 새하얀 여자였다. 여자가 무나를 향해 미소 짓자 주름살이 부드러운 파도처럼 얼굴에 퍼졌다. 여자가 레아라고 자신을 소개한 뒤 손을 내밀었다. 무나가 그 손을 잡자 레아가 말했다.

"이곳에 온 걸 환영해요."

레아의 말이 끝나자 광장에 있는 모두가 환영한다고 무나를 향해 말했다.

"난 47년 전 이곳에 왔어요. 열다섯 살이었죠. 제비뽑기에는 젬병이었거든요."

사람들 사이에서 가벼운 웃음이 일었다.

"난 46년 전에 왔어요. 나도 제비뽑기는 젬병이었지. 젠장맞을 제비뽑기."

사람들 사이에서 손을 든 여자가 외쳤고 먼저보다 더 큰 웃음소리가 났다. 그 뒤로 한 명씩 계속 손을 들어 외쳤고 여자들이 외치는 숫자는 하나씩 작아졌다.

"난 작년에 왔어요."

무나 또래의 여자였다. 무나는 그 얼굴을 기억했다. 여자가 제비를 뽑았을 때 시장이 숭고한 임무를 대신할 사람이 있냐고 묻자 손을 들고 나선 사람이 있었다. 그는 여자의 한 살 어린 여동생이었고 한 집에 한 명만 단상에 오르는 것이 규칙이었으므로 동생은 단상 아래에서 간절히 언니의 행운을 빌고 있었다. 언니는 동생의 제안을 거절하고 제비뽑기의 결과에 따르겠다고 했다. 무나는 여자의 동생이 어제 단상에 올랐을 거라고 생각했다. 아마도 단상 위에서 1년 전 제비를 뽑았던 언니를 떠올렸을 것이다. 다행이다. 아무도 죽지 않았다. 젠장맞을 제비뽑기에 뽑힌 여자들 모두 무사했다. 하지만 무나는 이해할 수 없었다.

"괴물은요? 괴물에 잡아먹히는 거 아니었어요?"

무나의 말이 끝나자 커다란 웃음소리가 터져 나왔다.

머리가 하얀 여자, 레아가 말했다.

"괴물은 없었어요. 나도 어떻게 된 건지는 몰라요. 내가 정신을 차렸을 때는 날이 밝아 있었고 난 여전히 나무에 묶여 있었죠. 간신히 밧줄을 풀고 이 숲으로 들어와 살았어요. 그리고 다음 해에 나무 아래로 가서 저 젠장맞을 제비뽑기의 주인공을 구해서 돌아왔고 그다음 해에는 둘이서 나무로 갔죠."

"하지만 분명 괴물이……."

"혹시 괴물이 나타나지 않아 실망한 거예요?"

레아가 미소를 머금은 얼굴로 물었다.

"그건 절대 아니에요."

무나의 대답에 레아가 활짝 웃었다.

"다행이에요. 이제 파티를 즐겨요."

"파티요?"

"살아남은 사람들을 위한 파티예요."

레아는 눈으로 광장 한쪽에 놓여 있는 식탁을 가리켰다. 꽃으로 장식한 식탁 위에 과일과 빵과 케이크가 가득 쌓여 있고 허브를 띄운 음료가 담긴 커다란 유리병도 있었다. 사람들은 먹고 마시며 이야기를 나누며 웃었고, 한 명 혹은 두세 명씩 무나에게 다가와 자신의 이름을 얘기해 줬다. 누군가 기타를 닮은 악기를 연주하기 시작했고 그 옆의 사람은 나무로 깎은 피리를 불었다. 여자들은 귀 기울여 듣고 박수를 보냈고 어떤 연주에는 모두 함께 노래를 불렀다.

그리고 그것이 나타났다. 거대하고 뭐라 말할 수 없이 흉측한 것. 더러운 털로 뒤덮인 추악한 것이 광장 가운데로 뛰어들자 여자들은 모두 배가 아프게 웃어 댔다.

"저게 뭐죠?"

무나가 놀라서 수에게 물었다.

"모두를 두렵게 하는 것이죠. 벌벌 떨며 살아남기 위해 딸과 누이를 기꺼이 바쳤던 것."

무나가 상상해 왔던 모습과 조금도 닮지 않았다.

"우리가 만들었어요. 곰과 늑대 가죽을 이어 꿰맸죠. 1년에 한 번 저걸 뒤집어쓰고 나무로 아이를 구하러 가요."

"저건 그러니까……."

"그래요. 우리가 만든 괴물이에요."

무나는 이해할 수 없었다.

"왜 말하지 않은 거죠? 괴물은 없다고. 두려워할 필요 없다고 왜 사람들에게 알리지 않았죠?"

수는 대답 대신 깔깔 웃었다. 그러고는 몸을 돌려 여자들 사이로 뛰어들었다.

여자들은 모두 손을 잡고 둥글게 광장을 돌며 신나게 춤을 췄다. 누덕누덕 기운 괴물도 몸을 이리저리 흔들며 춤췄다. 그 모습을 지켜보던 무나는 깨달았다.

아무도 여자들이 돌아오길 바라지 않는다. 괴물은 없다고 말해 봐야 그들은 믿지 않을 것이다. 아니, 믿지 않으려 할 것이다. 도시의 주민들이 여자들에게 원한 건 숭고한 임무를 마치는 것이다. 이들은 살아 돌아와서는 안 되는 사람들이다. 괴물이 죽는 건 누구도 원치 않는다. 사람들이 두려워하는 건 괴물이 아니었다. 오랫동안 유지해 온 관습과 사회가 무너지는 것이, 그들은 두렵다.

여자들은 행복했다. 이들은 자신들을 제물로 바쳤던 사람들에게 다시는 돌아가지 않을 것이다.

수가 고개를 돌려 무나를 불렀다. 무나는 기꺼이 여자들이
만든 둥근 원 속에 끼어들었다. 서로 손을 꼭 잡고 함께 춤을
추고 노래를 불렀다.

노래와 춤은 밤늦도록 이어졌다.

사과의 반쪽

그래, 이안은 이제 어쩐대요?

　수영장 탈의실에서 이안의 이름을 듣자 조는 사물함 뒤로 숨었다. 왜 그랬는지 모른다. 반사적인 행동이었다.

　조는 이틀에 한 번, 새벽에 한 시간씩 수영을 한 뒤 출근했다. 단잠을 포기하는 건 힘들었지만 새벽 수영 또한 포기할 수 없었다. 새벽의 수영장은 사람이 적어 번잡하지 않아 좋았다. 운이 좋을 때는 수영장을 독차지할 수도 있었다. 텅 빈 수영장에서 혼자 물살을 가르는 건 의외로 굉장한 느낌이었다. 몸의 움직임이 만든 소리가 벽에 부딪혀 푸르고 차가운 입자를 하나하나 흔들어 놓았다. 고요하지만 힘찬 파동이었다. 스윽스윽 팔을 내저으면 아무런 저항감 없이 빠르게 앞으로 나갔다. 그대로 계속 어디론가, 아주 멀리 갈 수 있을 것만 같은 기분이 들었다. 하지만 그런 기회는 드물었다. 수영장은 지은 지 얼마 안 돼 쾌적한 데다 시설도 훌륭하고 주민센터 부대 시설이라 이용료가 저렴해 인기가 좋았다. 하루 네 차례 수영 수업은 늘 일찌감치 매진됐다. 수업 전 새벽은 수영에 집중하기 가장 좋은 때였다.

오늘은 예외였다. 조는 전날 밤늦게까지 근무했고 덕분에 하루 휴가를 낼 수 있었다. 피곤해서 늦잠을 잤고 일어나서도 몸이 찌뿌듯했다. 수영이라도 하자 싶어 점심을 먹고 느지막이 나섰다. 수영하고 나면 마트에 들러 장을 보고 오랜만에 사과파이를 만들어 볼 생각이었다. 사과를 졸이고 파이 시트와 크럼블을 만들자면 꽤 손이 가지만 부지런히 서두르면 이안이 집에 돌아올 때쯤 근사한 냄새를 풍길 수 있을 것이다.

이안은 사과파이를 좋아했다. 아니, 조가 만드는 사과파이를 사랑한다고까지 했다. 조도 사과파이를 좋아하지만 더 좋은 것은 기뻐하는 이안의 얼굴이었다. 쇼핑 목록은 버터와 우유. 밀가루와 달걀은 넉넉하다. 마트에 홍옥이 있으면 좋을 텐데. 홍옥은 새콤하고 살이 단단해 파이에 제격이지만 수확 시기가 매우 짧아 늘 살 수 있는 게 아니었다. 어쩌면 집 앞 청과 가게에서는 팔지도 모른다. 노란 차양이 쳐진 가게는 작지만 대형 마트에서 구할 수 없는 식재료들이 있었다. 그래서 조는 그 가게를 좋아했다. 모든 것이 조의 머릿속에 착착 정리되었다. 다만 하나, 조가 예상하지 못한 건 탈의실 구석에서 이안에 관한 이야기를 엿듣게 되리라는 거였다.

말소리는 사물함 건너에서 들려왔다. 세 사람, 아니 네 사람인 것 같았다. 그들의 목소리는 크고 또렷해서 일부러 귀 기울이지 않아도 똑똑히 들렸다.

간혹 그런 애들이 있긴 있죠. 드물기는 하지만.

그럼 이안은 평생 그거로 살아야 한단 말이에요?

그거,라는 단어를 말할 때 은밀히 음성을 낮추는 게 느껴졌다. 조는 사방을 둘러봤다. 사물함 건너 네 사람과 조뿐이었다. 조는 지금이라도 인기척을 낼까 했지만 그러기엔 이미 늦은 것 같았다.

그걸 바꿀 수 있다면 왜 문제겠어요.

수술이나 뭐, 정신과 치료 같은 걸로도 고칠 수 없는 거예요, 그게?

그게 타고나는 거라 별 소용이 없다더라고요.

도대체 왜 그런 애가 태어나는 거예요?

아직 정확히 밝혀진 바는 없죠. 염색체 이상이라고도 하고 유전적인 문제라고도 하고.

유전이라면 부모도 그렇단 말이에요?

글쎄요. 그런데 이안의 부모는 정상이잖아요.

숨어 있는 유전자의 영향일지도 모르죠.

아니면 돌연변이겠네요.

혹시…… 후천적인 영향일 가능성은 없을까요?

그게 무슨 소리죠?

그게…… 이안 부모가 좀 그렇잖아요.

그렇다는 게 뭔지 모르지만 다들 수긍하는 눈치였다. 조는 이안의 이름을 친근하게 부르는 저 사람들이 누군지 궁금했다. 이안과 조를 잘 아는 이들이다. 가까이 살고 자주 얼굴을 마주치는 사람들일 것이다. 조도 아는 사람들일지도 모른다.

조가 이 도시로 이사 온 건 3년 전이었다. 직장까지 먼 거리를 감수하고 이사한 건 도시의 평판 때문이었다. 새로 조성된 도시라 편의시설이 잘 갖춰져 있고 쾌적하며 주민은 대부분 젊은 층이고 그들은 대체로 수입과 교육 수준이 높고 아이들의 교육에 관심이 많았다. 한마디로 아이 키우기에 좋은 도시였다. 조는 이 도시에 익숙해졌다. 단골 마트와 식당과 빵집이 생겼고 종종 들르는 꽃가게도 있다. 가게 주인과 직원은 모두 친절했고 조와 이안에게 늘 다정하게 인사를 건넸다. 특별히 친하게 지내는 이웃은 없었지만 그렇다고 불편한 관계는 없었다. 주민 자치 회의에 늘 참석하는 건 아니지만 주민 자치회에서 하는 일에 협조적이었다. 조의 생각에는 그랬다. 이안은 전학 온 학교가 좋다고도 안 했지만 싫다고도 안 했다. 전에 다니던 학교보다 급식은 잘 나온다고 했다. 친한 친구가 많지는 않아도 아예 없지는 않았다.

유이가 이안과 친하죠?

종종 어울려 다니긴 하지만 특별히 친한 건 아니에요.

조가 아는 목소리였다. 유이의 엄마였다. 유이는 이안의 가장 친한 친구였고 집에도 자주 놀러 왔다. 유이가 가끔 늦게까지 있다 가곤 해서 조는 유이를 집까지 몇 번 차로 데려다준 적 있었다. 그래서 유이의 엄마와 인사를 나누게 됐고 명함을 교환했다. 유이의 엄마는 눈매가 서글서글한 유이와 똑닮았다. 유이와 이안은 2년 전 같은 반이 된 뒤로 내내 붙어다녔고 작년에는 여름 방학 때 숲 체험 캠프에 함께 갔다. 조는 이안이 캠프에 가고 싶다고 했을 때 조금 놀랐다. 이안은 그런 걸 별로 좋아하지 않았다. 캠프에서 돌아온 이안에게 재밌었냐고 묻자 이안은 씩 웃기만 했다. 캠프 건으로 조는 유이의 엄마와 몇 차례 통화했으므로 목소리를 바로 알아들을 수 있었다.

이안이 유이를 좋아하죠. 걔가 집착이 있달까, 그런 편이에요. 우리 유이가 받아 주긴 하지만 좀 곤란할 정도인가 봐요. 싫다는 내색도 못 하고.

유이가 워낙 성격이 좋잖아요.

너무 좋은 게 탈이죠. 속상할 때도 있어요. 휘둘리는 거 아닌가 싶어서.

그게 그런 애들 특징인지도 몰라요. 살아남아야 하니까 영악스러워질 수밖에 없지.

아무래도 불완전한 존재니까요.

생긴 건 멀쩡하던데.

아직 겉으로 표는 안 나죠.

사실 나도 좀 늦게 시작해서 고민이 많았거든요. 이안도 늦는 거 아닐까요?

아니에요. 제 입으로 그거라고 했대요.

그걸 제 입으로 말했다고요? 걔는 부끄러운 줄도 모른대요?

의외로 순진한 건지도 모르겠네요.

아니, 그보다는 어차피 알려질 테니 제 입으로 말한 게 아닐까요? 관심 끌거나 주목받고 싶어 하는 애들이 있잖아요.

그렇다면 보통 뻔뻔한 애가 아니네요.

그런 건 집에서 그러니까…… 교육해야 하는 거 아니에요? 걔 부모는 도대체 무슨 생각인 걸까요?

모를 수도 있죠.

그래요, 부모는 아직 모를 수도 있죠. 속이자고 들면 속일 수도 있지 않겠어요?

아무렴 그래도 제 자식인데 설마 모를까요?

그럴 수도 있어요. 평생 모르고 산 부모도 있었대요. 내가 어디 뉴스에서 봤는데…….

그럼 유이도 알겠네요?

유이네 반 애들은 다 안대요.

세상에, 애들이 얼마나 충격이 컸을까.

네, 충격이 꽤 컸나 보더라고요.

조는 이안이 지난 몇 주 동안 주말 내내 제 방에만 틀어박혀 있었던 게 이안의 말처럼 피곤해서도, 숙제가 많아서도 아니었다는 걸 비로소 알았다. 심지어 지난주에 조는 이안에게 요즘통 유이가 안 보인다고 혹시 싸운 거 아니냐고 농담조로 말했었다. 단짝인 둘은 싸운 적 없었다. 아예 안 싸우진 않았겠지만 심각한 적은 없었다. 조가 알기로는 그랬다. 그때 조의 말에 이안은 그저 어깨만 으쓱해 보였다. 평소 주말에 이안은 아침부터 유이를 만나러 나가서 밤이 다 돼서야 돌아오곤 했다. 뭐 했냐고 물어보면 이안은 별것 없었다고 대답했다. 조도 어릴 때 그랬다. 친구와 함께 있으면 딱히 별것 안 해도 좋았다.

조금 왕따 같은 게 있긴 한가 봐요. 유이 말로는. 그래서…… 사실 고민이에요. 유이는 이해할 수가 없대요.

그렇죠, 이해할 수 없겠죠. 그런 애들을 어떻게 이해할 수 있겠어요?

아니, 그게 아니라……. 애들을 이해할 수 없대요. 이안 같은 애도 있을 수 있고 그게 뭐 어떠냐는 거예요. 이안은 이안이고 친구인 건 변함없다고 하더라고요.

세상에! 그런 말 같지도 않은 소리를……. 아니, 내 말은…… 유이가 걱정돼서 하는 소리예요.

그래요. 애들은 멋모르고 그런 소리를 할 수도 있지만. 유이 엄마도 설마 그렇게 생각하는 건 아니죠?

아니에요, 절대 아니죠. 그렇지 않아도 잘 타일러 봤는데 말이 통해야 말이죠. 유이는 제 말은 들으려고도 하지 않아요. 일단은 주말 외출은 금지했어요. 이안이 불러내는 것 같더라고요.

문제네요.

네, 저도 너무 속상해요. 걔 때문에 유이까지 왕따 당하면 어�쩌나 싶어서요.

그러게요. 괜한 불똥이 튈 수 있겠어요.

왕따는 나쁘지만 사정이 그렇고 보면⋯⋯. 애들도 오죽하면 그러겠어요?

이안 같은 애를 우리 애들과 함께 두는 게 문제죠.

그렇죠. 한창 예민하고 서로 영향을 미치기 쉬운 때니까요.

위험하죠.

위험한 것도 그렇지만 사실⋯⋯ 영 찝찝하잖아요.

생각만 해도 소름 끼쳐요.

썩은 사과 하나가 상자 속의 멀쩡한 사과를 다 망치는 거예요.

식물도 마찬가지예요. 싹수가 노란 건 자라기 전에 솎아 내야 해요. 그게 자연의 섭리죠.

맞아요. 유이를 잘 타일러 봐요.

그래요, 가까이 해 봐야 좋을 것 없죠.

그런데 유이에게 뭐라고 설명하죠?

대충 둘러대야죠. 그것 때문이라고 할 수는 없잖아요. 특히 그 문제는 아주 민감하잖아요.

당연하죠. 차별은 있어서는 안 되죠. 우린 그런 사람도 아니고요. 하지만 우리 애들을 생각해야죠.

그럼요. 우린 애들을 지킬 의무가 있죠. 부모라면 당연히 그래야죠.

학교에 알려야 하는 거 아닐까요?

그러는 게 좋겠어요. 학교도 알아야죠. 학교에는 이런 상황에 대한 매뉴얼 같은 게 있겠죠.

그나저나 이안은 어느 쪽이래요?

여자래요.

세상에, 상상도 안 돼요. 평생 여자로만 살아야 한다니.

하나의 성으로만 살다니 생각만 해도 끔찍하네요.

그러니까요. 그건 사과를 반쪽만 먹는 거잖아요.

아니에요. 엄밀히 말하면 반쪽도 아니에요. 걔가 먹을 사과는 없으니까요.

어머나, 벌써 시간이 이렇게 됐네요. 아르바이트 직원이 눈 빠지게 기다릴 텐데. 수영장만 오면 이렇다니까.

가게에 슈크림이 남아 있을까요? 유이가 좋아하는데.

아직 남아 있을 거예요. 그럼 다들 우리 가게로 가요. 커피 한잔해요. 슈크림도 먹고. 하던 얘기 마저 해요.

사람들이 탈의실에서 나가는 소리가 들렸다. 조는 무너지듯 그 자리에 주저앉았다. 덜덜 떨고 있었다는 걸 그제야 깨달았다. 조는 세 사람의 목소리는 정체를 파악했고 하나는 여전히 모르지만 몰라도 상관없었다. 이안과 조를 잘 아는 사람일 수도 있고 잘 모르는 사람일 수도 있지만 그것 역시 상관없었다.

조는 꼼짝하지 않고 바닥에 앉아 있었다. 야근 때문인지 몸이 무거웠다. 수영은 무리였다. 조는 사물함 문을 닫다가 마음을 고쳐먹었다. 몸을 움직이고 싶었다. 마음에 무거운 것이 들어앉았을 때, 머릿속이 뒤엉킨 실타래처럼 되었을 때, 아무것도 생각나지 않고 멍할 때마다 차가운 물속에서 정신없이 몸을 움직이고 나면 숨통이 좀 트였다.

수영장에는 사람이 거의 없어 조는 레인 하나를 통째로 차지할 수 있었다. 조가 만들어 내는 물살이 힘차게 퍼져 나갔다. 조는 물속에서 팔다리를 휘저으며 생각했다. 아무도 아는 사람이 없는 곳에 가서 살고 싶었다. 타인에 대해 무관심하고 관심 가질 시간도 없는 곳이면 좋겠다. 다시 시작하는 거다. 이안에게 제일 친한 친구에게도 그것에 관해서는 말하지 말라고 단단히 다짐을 받아 내야겠다. 이안도 이해할 것이다. 지금은 이해하지 못하더라도 나중에는 이해하게 될 것이다. 그게 이안을 지키는 방법이다. 천장 가까이 난 창으로 스며든 햇살이 그어 놓은 하얀 빛줄기를 가르며 조는 생각하고 결심한다. 다음 달부터 이안의 아빠가 될 조는 수영장 벽을 차고 터닝한다.

그것은 조가 선택한 것이 아니었다. 달이 차면 기울고 다시 차는 것처럼 1년의 반을 여자로, 그 나머지를 남자로 사는 건 자연스러운 이치였다. 이안 역시 제 선택은 아니었다. 조처럼 이안 역시 그저 타고난 것뿐이다. 그렇게 태어난 아이들이 어디에나 있었다. 눈에 보이지 않을 뿐이었다. 1년의 반을 다른 사람인 척하고, 남은 1년의 반은 자기 자신으로 사는 것이다. 조의 생각은 팔다리와 마찬가지로 멈추지 않는다. 다시 터닝. 세차게 물보라가 튀었다.

아니다. 우선은 장을 보고 집에 돌아가 반죽을 시작해야겠다. 홍옥은 있으면 좋지만 없어도 괜찮다. 좋은 버터를 듬뿍 쓰고 설탕을 아끼지 않고 사과를 졸여 최고의 사과파이를 만들 것이다. 이안이 집에 돌아오면 갓 구운 파이를 잘라 우유와 함께 배가 부를 때까지 실컷 먹는 거다. 그리고 이안과 이야기 나눠 봐야겠다. 그것에 대해서 이안과 수도 없이 이야기했지만 그것에 대해 이해하지 못하거나 이해할 생각이 없거나 심지어 혐오하는 사람들에 대해서는 충분히 이야기하지 못했다. 그런 이야기들을 이안에게 할 필요가 있을까. 이야기해야 할 것이다. 그리고 조는 다짐한다. 이안이 원하는 곳으로 가리라고. 이안이 원하지 않는 곳이라면 가지 않으리라고 결심한다. 그건 이안이 선택할 것이다. 오직 이안만이 선택할 수 있다.

조는 팔다리를 움직여 앞으로 스윽스윽 나갔다. 이대로 어디에나 갈 수 있을 것 같았다. 이안 역시 그러리라고 생각했다. 피하지도 도망치지도 않고, 이안이 가고 싶은 방향으로 향할 때 조는 그 옆에서 같이 가고 싶었다. 싸워야 한다면 함께 힘껏 싸울 것이다. 다시 한번 벽을 힘차게 차고 조는 터닝했다. 물보라가 박수 소리처럼 하얗게 부서졌다.

송이가 결석했다. 아무도 신경 쓰지 않았다. 송이는 여섯 번째 결석생이었다.

다섯 번째 아이는 일주일째 결석 중이다. 첫 번째 결석생은 석 달째 등교하지 않고 있다. 첫 번째 애가 결석했을 때 담임은 건강상의 이유라고 했고 두 번째 애는 집안 사정 때문이라고 했고 세 번째부터는 아무 말도 하지 않았다. 폭력 사건이라느니, 가출이라느니, 자살 미수라느니 하는 소문이 돌았지만 이내 잠잠해졌다. 중간고사와 체육대회, 수행평가에 이은 기말고사 등등으로 아이들은 다른 것을 생각할 겨를이 없었다. 체육대회 때 농구를 잘하는 첫 번째 결석생을 잠시 떠올리며 아쉬워했지만 우리 반은 우승했다. 결승전에서 붙은 옆 반의 에이스도 한 달째 결석 중이었기 때문이다.

아이들은 익숙해졌고 결석생들은 잊었다. 새로 온 전학생에 대한 관심도 이틀이면 시들해지는데 없어진 아이에 대한 관심이 그보다 오래갈 리 없었다. 나도 마찬가지였다. 하지만 송이는 달랐다. 송이는 내 제일 친한 친구이기 때문이다.

종례 시간에 담임이 핸드폰을 돌려주자마자 나는 송이에게 문자를 보냈다. 문자 보내기 무섭게 답을 하던 송이였는데 5분이 지나도록 감감무소식이었다. 전화를 걸어 봤다. 받지 않았다. 학원에 가면서도 문자를 계속 보냈지만 답은 없었다. 학교에도 안 왔으니 학원에 올 리 없다. 하지만 이번 기말고사에도 성적이 오르지 않으면 끝장이라고 우울해하던 송이의 얼굴을 떠올리며 혹시나 해서 학원 앞 편의점에 들어갔다. 역시 없었다.

10초, 9초, 8초…… 1초, 땡! 수업 시간 시작 전, 카운트다운을 하며 컵라면과 삼각김밥을 입에 욱여넣고 달리는 맛으로 송이와 나는 학원에 다녔다. 송이가 없으니 오늘은 죽을 맛이다. 핸드폰을 다시 들여다봤지만 1초 전과 마찬가지였다. 송이에게서 답이 없다. 편의점 진열대에 송이가 좋아하는 과자가 보여서 샀다. 인기 상품이어서 늘 품절이라 송이는 과자가 눈에 띄는 대로 사곤 했다. 그러다 보니 과자가 좋아서 사는 건지, 사는 걸 좋아하는 건지 알 수 없게 되어 버렸다. 하나 남은 과자를 사고 나니 빈 진열대는 '감사합니다. 빠른 시일 내로 준비하겠습니다'의 상태가 됐다. 빠른 시일 내에 송이를,

74

볼 수 있을까?

다음 날도 송이는 학교에 오지 않았다. 조회 시간, 반장에게 핸드폰을 제출하기 직전까지 확인하고 또 확인했지만 밤새 보낸 내 문자에 답은 역시 없었다. 학교가 끝나자마자 나는 핸드폰 전원을 끄고 송이네 집으로 향했다. 학원에서 결석을 알리는 문자를 득달같이 엄마에게 보내고 엄마는 부리나케 내게 전화하겠지만 지금 그런 게 문제가 아니다. 그러고 보니 학원의 우리 반은 첫 수업 때보다 3분의 1 정도 학생 수가 줄었다. 여러 가지 이유로 아이들은 학원을 들락날락했다. 누군가 빠져나가도 그 자리는 금세 채워졌다. 하지만 최근 빈자리는 점점 늘어나고만 있다. 근처에 나와 송이만 모르는 초울트라급 실력의 학원이라도 생긴 모양이다. 학원에서도 송이의 결석을 신경 쓰는 사람은 아무도 없었다.

담쟁이넝쿨로 덮인 담 너머 이층집. 송이는 내 친구 중에서 아파트에 살지 않는 유일한 애다. 그래서라기보다는 송이랑 있으면 좋았으므로 나는 송이네 집에 자주 놀러 가곤 했다. 2층 송이 방은 작기도 하고 천장이 낮고 삼각형 모양으로 비스듬해서 딱 아지트 같았다. 침대에 누워 팔을 뻗으면 경사진 천장에 난 작고 동그란 창이 손에 닿았다. 푸른 하늘을 내다보는 것도, 햇살이 뭉게구름 가장자리를 황금빛으로 물들이는 걸 보는 것도 좋았지만 가장 좋은 건 밤하늘을 올려다보는 거였다. 별이 총총한 검푸른 밤하늘을 송이와 나란히 누워 바라보면 우주를 유영하는 기분이 들었다. 그럴 때면 함께 밤샘할 핑계를 만들어 준 시험이 고마울 정도였다. 작은 우주선 같은 방 안에서 송이와 나는 우리가 좋아하는 것들과 좋아하지 않는 것들을 이야기했다.

송이는 우주와 별을 좋아했고 우주인이 되는 게 꿈이었다. 우주인이 되어 허벅지가 굵은 여자를 최고 미인으로 꼽는 별을 발견하는 게 송이의 소원이었다. 아니면 별의 주민들을 세뇌해 굵은 허벅지에 환장하게 만들겠다고 의지를 불태웠다. 그 정도 노력이면 지구 남자도 두어 명, 잘하면 네 명 정도는 세뇌할 수 있을 거라고, 그편이 외계인을 세뇌하는 것보다 쉽지 않겠냐고 내가 말하자 송이는 북극곰을 피눈물 나게 하는 잔인한 인류에게는 정나미 떨어진 지 오래라고 딱 잘라 말했다. 송이는 일단 자기 별을 찾고 나면 오리궁둥이를 최고의 미인으로 꼽는 별도 찾아 주겠다며 눈물겨운 우정을 표시했지만 나는 됐다고 했다. 송이와 나는 체형도, 얼굴도 전혀 다르고 좋아하는 라면과 과자, 남자 취향도 제각각이었지만 아이돌 그룹 루나와 루나의 노래는 우주 최고라는 것, 고양이와 북극곰은 귀엽다는 것, 특히 아기 고양이와 어린 북극곰은 미치도록 귀엽다는 데에는 완전히 의견 일치를 보았다. 언젠가 함께 오로라를 보러 가자는 계획을 세운 뒤로 송이와 나는 참새 눈곱만 한 용돈에서 벼룩의 간만큼씩 떼어 꾸준히 저금해 오고 있었다.

송이네 집 앞에 서니 이런저런 생각에 눈물이 날 것 같았지만 꾹 참고 담쟁이 사이로 보이는 초인종을 눌렀다. 아무 기척도 없었다. 잠시 뒤에 다시 눌렀다. 여전히 반응이 없었다. 나는 끈질기게 초인종을 눌러 댔다. 그러자 누구세요, 하는 날카로운 소리가 들려왔다. 평소와 달리 잔뜩 짜증 난 목소리였지만 송이 엄마가 틀림없었다. 안녕하세요. 저예요, 우주. 나는 인터폰에 대고 말했다. 잠시 정적이 흘렀다. 아까보다 훨씬 상냥해진 목소리가 흘러나왔다. 송이가 아프다, 우주야. 나는 어디가 아프냐고 물었고 송이 엄마는 몸살감기라고 대답했다. 잠깐만 볼 수 있냐고 했더니 송이는 지금 자고 있다는 대답이 들려왔다. 많이 아프냐고 물었더니 약 먹었으니 괜찮아질 거라고 했다.

"그럼 내일은 학교에 오는 거죠?"

잠시 뒤에 대답이 돌아왔다.

"걱정하지 마라. 송이는 괜찮아. 너, 학원 갈 시간 아니니?"

송이는 다음 날도 학교에 오지 않았다. 나는 문자가 왔나 확인도 안 하고 반장에게 핸드폰을 던져 줘 버렸다. 학교가 끝나고 또 핸드폰을 끈 채 송이네 집으로 갔다. 송이는 아직 열이 있고 자고 있다는 말을 인터폰 너머로 들었다. 잠깐 얼굴만 보겠다고 했지만 송이 엄마는 그건 별로 좋은 생각이 아닌 것 같다고 평소처럼 우아한 목소리로 말했다.

다음 날도, 또 다음 날도 마찬가지였다. 송이의 감기는 낫지 않고 송이는 학교에 오지 않았다.

거짓말이다. 그럴 리 없다. 허벅지가 튼실한 송이는 나와 알고 지낸 지난 3년 반 동안 감기 한 번 앓은 적 없다. 그건 나도 마찬가지였다. 우리의 소원은 아파서 결석 한번 해 보는 것이었지만 감기 바이러스는 마치 시험 정답처럼 우리를 요리조리 피해 가서 원통할 지경이었다. 그런 송이가 아프다니. 믿을 수 없었다. 아픈 건 믿을 수 있다. 하지만 아무리 아파도 내 문자에 답 하나 보내지 않는 건 도저히 믿을 수 없었다. 제일 믿을 수 없는 건 아픈데 자꾸 괜찮다고 하는 거였다. 뭐가 괜찮단 말인가.

송이가 없는 채로 기말고사가 치러졌고 송이가 결석한 채로 여름 방학이 시작됐다. 종업식 날, 결석한 아이는 송이를 포함해 아홉 명이었다. 열 명인지도 모르겠고 열한 명인지도 모르겠다. 그래도 될까 싶었지만 아무도 신경 쓰지 않았다.

방학한 다음 날부터 나는 결석한 아이들의 집을 찾아다녔다. 일곱 번째 결석생 집이 우리 집에서 제일 가까워서 먼저 갔다. 거의 말을 나눠 본 적 없는 아이였다. 기말고사 둘째 날인가, 셋째 날부터 결석했다. 아닐지도 모르겠다. 수학이 22번, 하고 불렀을 때야 그 애가 결석한 걸 알았다. 어떤 애였나 생각해 봤지만 잘 떠오르지 않았다. 마르고 얼굴이 하얀 남자애라는 게 어슴푸레 기억나긴 했다. 체육대회 때 찍은 단체 사진을 찾아보니 그 애는 테가 하얗고 두꺼운 동그란 안경을 쓰고 있었다. 마치 생일파티 때 재미 삼아 써 보는 안경처럼 독특한 모양이었다. 그런 안경을 썼는데도 그 애의 인상은 희미하기만 했다. 그 애는 집에 없다고, 그 애 엄마가 인터폰 너머로 말했다. 나는 다른 아이의 집을 찾아 나섰다. 사흘 동안 여덟 집을 갔지만 약속이라도 한 듯 아이들은 모두 집에 없었다. 송이에게서도 여전히 연락은 오지 않았다.

점심을 먹고 나면 학원에 간다고 하고 매일 송이네 집으로 갔다. 학원에서는 결석 문자도 보내지 않는지 엄마는 내가 한 달 넘게 학원에 안 갔다는 것도 몰랐다. 학원의 우리 반은 몇 명이나 남았나 문득 궁금했다. 어쩌면 아무도 안 남았는지도 모른다. 학원 자체가 없어져 버린 건 아닐까. 상관없었다. 송이와 나란히 앉아 속닥거릴 수 없다면 학원도, 학교도 있으나 없으나 마찬가지였다.

송이네 집 초인종을 누르면 송이네 엄마는 늘 송이는 자고 있고, 자고 일어나면 괜찮아질 거라고 말했다. 그렇게 오랫동안 자는데 괜찮을 리 없다고 생각했지만 나는 달리 방법을 몰라 송이네 집 맞은편 담에 등을 붙이고 우두커니 서 있었다. 언젠가는 송이가 잠에서 깨어날 것이고 그러면 밖으로 나오거나 최소한 창밖을 내다보기라도 하리라는 기대를 품고, 나는 기다렸다. 담은 뜨겁고 태양은 강렬했다. 이마에 솟아난 땀을 닦고 손부채질을 하며 송이네 집을 바라봤다. 갑자기 소나기가 퍼붓기도 하고 다시 해가 나서 젖은 티셔츠가 마르기도 하고 간혹 송이네 엄마가 수박 껍질 같은 것을 버리러 나오기도 했다.

하루는 송이네 집 담장 위를 거닐던 고양이와 눈이 마주쳤다. 귀 뒤에 하얀 물방울무늬가 있는 게 언젠가 송이네 엄마가 송이의 방 창밖으로 던져 버린 고양이 같았다. 이름은 코코. 어미에게 버림받고 다 죽어 가는 걸 길에서 주워 송이 방에서 몰래 키우던 새끼 고양이였다. 송이네 엄마는 고양이뿐 아니라 송이가 좋아하던 몇몇 가지를 집에서 몰아내고 싶어 했는데 그중에 아마 나도 포함되어 있었던 것 같다. 날은 매일 무더웠다.

송이네 집 벽의 담쟁이넝쿨은 날로 무성해졌다. 송이는 담쟁이 때문에 집에 벌레가 많다고 했지만 그래서 싫다고는 하지 않았다. 담쟁이는 송이와 내가 좋아하는 것 중 하나였다. 고양이와 북극곰, 벨루가 돌고래와 우파루파, 최초의 우주견 라이카와 나스카의 애스트로보이, 안드로메다와 블랙홀, 민트 초콜릿과 체리아이스크림, 떡볶이와 마요참치 삼각김밥, 그리고 루나. 다음 주에 루나의 신곡이 나온다. 나는 송이와 함께 루나의 노래를 듣고 싶다. 송이의 침대에 나란히 누워 노래를 들으며 창밖으로 흘러가는 구름을 바라보고 우리가 좋아하는 것들과 우리가 앞으로 좋아하게 될 것들에 관해 이야기하고 싶었다.

나는 더 이상 초인종을 누르지 않는다. 송이네 집 앞에서

2층 송이 방을 올려다볼 뿐이었다. 담쟁이로 덮인 창을 바라보며 송이는 좋아하지만 나는 별로 좋아하지 않는 것들을 생각했다. 오렌지와 망고아이스크림, 공포영화와 뱀파이어 소설, 가죽점퍼 냄새와 노란색……. 저 창이 한 번만 열린다면 나는 그것들을 다 좋아할 수 있을 거다. 창을 활짝 열어젖히고 송이가 나를 향해 "오리궁둥이!"라고 외치는 상상을 하고 또 했다. 송이는 별로 좋아하지 않지만 내가 좋아하는 것들도 생각했다. 사막여우와 도마뱀, 초코크림 소라빵과 계피 향, 보라색과 추리소설……. 하지만 내가 제일 좋아하는 건 아직 송이에게 말한 적 없다. 내가 제일 좋아하는 건 바로…… 송이. 나는 송이의 튼실한 허벅지마저도 좋았다. 열려라, 열려라, 나는 끊임없이 속으로 빌었다. 하지만 창은 굳게 닫힌 채 꿈쩍도 하지 않았다.

오후의 마지막 햇살이 붉게 퍼질 때, 송이의 방 창도 오렌지색으로 빛났다. 간혹 그럴 때면 창 안에서 하늘거리는 것이 보여 가슴이 두근거렸다. 하지만 자세히 보자 햇살이 유리에 닿아 반사된 빛일 뿐이었다. 그래도 나는 창에서 눈을 떼지 못하고 뚫어져라 바라보았다. 어룽거리는 빛에 눈이 부셔 눈물이 나기도 했다. 종종 담쟁이넝쿨에 매달려 놀고 있던 코코가 내가 주머니에 숨기고 있는 것에 호기심을 보이며 다가왔다. 내가 준 마른 멸치나 참치캔을 열심히 먹는 코코의 연한 코코아색 털을 나는 가만히 쓰다듬었다. 코코 같기도 하고 또 어찌 보면 코코가 아닌 것도 같았다. 상관없었다. 내 옆에 있어 주는 것만으로 조금 견딜 수 있었다. 코코가 떠나면 다시 혼자 기다렸다. 밤이 돼도 불이 켜지지 않는 송이의 방을 한참 바라보다 송이네 집 앞을 떠났다.

가끔 일곱 번째 결석생 집도 찾아갔다. 기말고사 때부터 결석한 22번, 얼굴이 하얗고 마르고, 재미난 안경을 썼고, 우리 집 바로 뒷동에 사는 아이. 나는 이제 그 애의 이름을 알지만 기억에 내가 그 애의 이름을 불러 본 적은 한 번도 없었다. 그 애가 사라진 뒤에야 비로소 나는 그 애의 이름을 불렀다. 대답은 없었다.

그날도 아무 기척이 없어서 돌아가려는데 안에서 희미한 소리가 났다. 우주, 한우주. 분명 누군가 내 이름을 불렀다. 나는 문에 귀를 댔다. 아무 소리도 없었다. 나는 문틈에 대고 작은 소리로 말했다.

"주호? 윤주호?"

한참 만에 소리가 났다.

"그래…… 나야."

"윤주호, 괜찮니? 너, 괜찮아?"

"들……려?"

"어어, 들려. 들려, 윤주호."

한참 뒤에 작은 소리가 들려왔다. 5……, 3……, 9……. 세 번째 같은 숫자가 반복되어 들렸을 때 그것이 도어락 비밀번

82

호라는 걸 깨달았다. 주호는 띄엄띄엄 번호를 불렀고 안에서 문을 열어 주면 될걸, 이게 무슨 짓인가 의아해하면서 나는 버튼을 누르기 시작했다.

도어락 풀리는 소리가 났다. 조심스레 손잡이를 잡아당겼다. 아무도 없었다. 아니다. 소리가 났다.

바닥이었다. 거칠고 희미한 숨소리가 웅크리고 있는 몸에서 새어 나오고 있었다. 나는 그 순간 어째서인지 예전에 갔던 박물관을 떠올렸다. 어둑하고 서늘한 그곳은 죽거나 사라진 동물로 가득 차 있었다. 그중에 잔뜩 몸을 옹송그린 채 얼음 속에 굳어 버린 작은 짐승도 있었다. 그때 나는 생각했다. 왜 혼자였을까. 부모와 형제, 친구들은 어디로 간 걸까. 주호의 집은 한낮이지만 어둑했고 한여름이지만 스산했다. 그래서 바닥에 웅크린 등이 움찔거리자 나는 소스라치게 놀랐다. 고치 속에서 빠져나오려는 것처럼 힘겨운 몸짓이 무엇인지 깨닫고 나는 구겨진 날갯죽지 같은 어깨를 부축했다. 처음으로 주호의 얼굴과 마주했다.

벽에 기대어 앉은 주호는 힘겹게 숨을 몰아쉬었다. 창백하도록 하얀 얼굴이었다. 내 손에는 아직도 선득한 감촉이 남아 있었다. 앙상하게 마른 차가운 몸. 주호는 금방이라도 바스러질 것 같았다.

"한. 우. 주."

주호는 공기가 희박한 높은 산 정상에서 숨을 뱉어 내듯 내 이름을 한 자, 한 자 끊어 불렀다.

"그래, 윤주호."

"들. 어. 와."

나는 집 안을 둘러봤다. 아무도 없는 것 같았다. 신발을 벗고 주호 앞에 엉거주춤 앉았다.

"냉장고에…… 주스 같은 게…… 있을…… 텐데."

마치 하기 힘든 말이라도 하듯 주호가 겨우 내뱉었다. 나는 고개를 끄덕이고 거실을 가로질러 주방으로 갔다. 우리 집이랑 똑같은 구조라 두리번거릴 필요도 없었다. 우리 집과 같은 위치에 놓여 있는 냉장고를 열어 주스를 따라 왔다. 주스를 내밀자 주호는 힘겹게 고개를 저었다.

"너…… 마셔. 손님……이잖아."

아쉬웠다. 이런 상황이 아니라면 주호의 유머에 웃어 주었을 것이다.

"손님 대접도 좋지만 너부터 마셔. 비타민이 또 몸에도 좋다고 하고, 응?"

"나, 난. 못. 마. 셔. 물이라면…… 좀 마실 수…… 있어."

나는 다시 주방으로 가서 물을 따라 왔다. 주호는 컵을 받아 쥘 기력도 없는 것 같았다. 입에 컵을 대 주니 주호는 머뭇거리다 뭐라고 중얼거렸다. 고마워,라고 한 것 같았다. 주호는 겨우 입술만 축이고 말았다.

"너 혼자야? 아픈데 혼자 있는 거야?"

84

"난. 괜. 찮. 아······. 넌. 괜. 찮. 니?"

괜찮지 않은 얼굴로 주호는 괜찮다고 말한다. 나는 주스를 한 모금 마셨다. 뭐가 괜찮은 건지 모르겠다. 나는 왠지 목이 타서 남은 주스를 단번에 마셨다. 유리컵 바닥 너머로 흐릿하게 창백한 얼굴이 보였다. 송이는 아프다. 그런데 송이 엄마는 괜찮다고만 한다. 아이들은 결석한다. 우리 반 결석생은 총 아홉 명이고 다른 반도 그보다 조금 많거나 적다. 결석생은 잊히고 사라진 아이들은 아무도 돌아오지 않았다.

"너 다음으로 두 명이 더 결석했어. 모두 아홉 명이야. 방학하자마자 그 애들 집을 다 찾아갔지만 한 명도 만나지 못했어."

내 얘기를 듣고 주호가 희미하게 고개를 끄덕였다.

"그. 애. 들. 도······."

주호는 말하다 말고 곰곰이 뭔가 생각하는 듯했다.

"다른 애들도 뭐? 도대체 어떻게 된 걸까?"

"온. 몸. 이······ 따끔거렸어."

"응?"

"정확히는······ 이 부분이······ 따. 끔. 거렸어."

주호는 손가락으로 가슴과 배 사이의 오목한 부분을 가리켰다.

"명치."

내 말에 주호가 고개를 힘없이 끄덕였다.

"따. 끔. 거. 려. 서……. 그 따끔거리는 느낌이…… 온. 몸. 으로 퍼져 가는 거야. 그건…… 어렸을 때…… 유치원에서 내가 가지고 놀던 장난감을 빼앗겼을 때…… 느꼈던 거랑 비슷한 기분이었어. 빼앗겼다는 것보다는…… 빼앗겼는데도 아무것도 할 수 없는 나 자신에 대한 어떤…… 기. 분. 그놈은…… 무척 몸집이 컸거든……. 초등학생만큼이나……. 유치원생한테 초등학생은 어떤 존재인지…… 알지? 그래……. 그때 명치가 따. 끔. 따. 끔. 하다고 해야 하나……, 싸르르하다고 해야 되나, 그런 기분이 들었어……. 그런 기분이…… 줄. 곧. 들. 었. 어."

"줄곧?"

"으응. 줄곧 그랬으니까……. 난 센 놈에게…… 뭔가…… 줄곧 빼앗겼고……, 나와 비슷한 애가…… 빼앗기는 것도 봤고…… 그걸 보면서도…… 나는…… 아무것도…… 할. 수. 없. 거. 나 하. 지. 않. 았. 고…… 혹은 당하는 게 내가 아니어서 다. 행. 이라고 생각했고……. 그때마다 여기가…… 그리고 온. 몸. 이 따. 끔. 거렸어. 마치…… 뜨거운 바늘로…… 콕. 콕. 쑤시는 것처럼."

"명치가 따끔거리고, 또 답답하기도 하고?"

"비, 비슷해."

"그건 체한 거지. 나도 1년에 두어 번은 그래. 꽤 괴롭지, 그게."

86

주호가 웃고 싶은데 잘 안 된다는 듯이 입가를 씰룩였다.

"아픈 건…… 아니야. 나는…… 좀…… 부끄러웠던 것 같아."

"그게 왜 부끄러운 거야?"

주호가 말없이 나를 바라봤다.

"그건 부끄러운 게 아니라……, 부끄러운 게 아니라……."

적당한 단어가 떠오르지 않았다. 송이라면 뭐라고 말해 주었을 텐데. 아니, 최소한 그게 어떤 건지 송이와 함께 얘기라도 나눌 수 있을 텐데.

"그건 분한 거잖아. 뺏기는 건 억울하고 분한 거잖아."

주호는 조용히 미소 지었다. 할 수 있는 건 그것뿐이라는 듯, 주호는 안간힘을 내 웃어 주었다.

"지금…… 여기가…… 따. 끔. 했어."

주호가 손가락으로 명치를 가리키며 또 힘겹게 웃었다.

"알아. 알고…… 있었어. 그런데 알면서도…… 내가 할 수 있는 건…… 포. 기. 하는 것뿐이라…… 그래서 따. 끔. 거렸어."

주호는 한참 동안 멍하니 허공을 바라보더니 결심했다는 듯 말했다.

"보여…… 줄게."

나는 놀라서 고개를 돌렸다. 주호가 갑자기 티셔츠를 걷어 올렸기 때문이다.

"아니야…… 오해…… 하지 마. 나를…… 봐, 한우주."

나는 눈을 살짝 돌렸다. 그랬다가 그대로 주호의 몸에 시선이 박힌 채 굳어 버리고 말았다. 입술을 달싹거릴 수도, 눈을 깜빡일 수도, 침을 삼킬 수도, 말을 할 수도, 생각할 수도 없었다. 모든 것이 정지된 기분이었다. 내가 보고 있는 게 뭘까. 이게 도대체 뭘까.

"상추."

"그래…… 다른…… 애들은…… 뭔지…… 모르겠지만…… 나는 상. 추. 인가 봐."

영락없이 상추였다. 초록색에 검붉은 빛이 살짝 감도는 싱싱한 상추. 상추가 주호의 몸을 덮고 있었다.

"어, 어떻게 된 거야? 진짜 상추야? 왜 상추가……."

"지…… 진. 짜. 상. 추. 야. 상추…… 맛하고…… 똑……같대. 너도…… 좀…… 뜯어…… 갈래?"

주호가 방금 재미난 농담이라도 했다는 듯이 씩 웃었다.

"점점…… 더…… 무성해져. 아무리…… 뜯어도…… 금. 방. 또. 자. 라……."

"왜, 왜 상추가 몸에 난 거야?"

"나도…… 궁. 금. 해."

"이렇게 됐는데 그냥 두고만 본 거야? 어떻게 그래? 어떻게!"

나도 모르게 큰 소리가 터져 나왔다.

"아닐 거야, 아닐 거야. 상추일 리가 없어. 알레르기나 뭐, 그런 걸 거야. 가자, 병원에 가자. 어디든 가자. 움직일 수 없으면 업혀. 내게 업혀."

주호가 천천히 팔을 들어 내 손목을 잡았다. 잡았다기보다는 손을 갖다 댄 느낌이었다. 뼈만 남은 주호의 손가락은 메마르고 차가웠다.

"소. 용. 없. 어."

나는 주호의 여윈 손을 꽉 잡았다.

"이건…… 존재하지…… 않는…… 병이야. 난…… 처. 음. 부. 터. 존. 재. 하. 지. 않. 았. 거. 든. 따끔거리는 걸…… 꾹…… 참고…… 있었을 때부터. 난…… 그저…… 상추야."

주호가 희미하게 웃었다.

"상관…… 없어. 이제…… 난 거의…… 끝인 것…… 같아. 그래도…… 상추가…… 되고…… 싶은 건…… 아니었는데……."

주호의 창백한 뺨을 타고 눈물이 흘러내렸다. 주호가 풀썩 손을 떨구자 기다렸다는 듯이 상추는 더욱 푸르고 싱싱하게 자라나더니 단숨에 목을 타고 주호의 얼굴까지 모두 덮어 버렸다. 상춧잎 사이로 거의 들리지 않는 희미한 소리가 새어 나왔다. '잘. 가'라고 한 것 같기도 하고 '고. 마. 워'라고 한 것 같기도 했다. 아니, 둘 다 아닌 것도 같았다.

나는 문을 닫기 전에 한 번 돌아봤다. 현관에 누운 주호는 이제 완전히 상추로 덮여서 조금도 주호처럼 보이지 않았다. 주호와 처음으로 말을 나누었는데 다시는 이야기할 수 없게 되다니, 나는 슬프고도 두려운 마음으로 주호의 집을 떠났다. 그리고 달리기 시작했다. 내가 가야 할 곳은 딱 하나, 내가 가고 싶은 곳은 그곳뿐이었다. 송이가 있는 집, 아니 송이가 있었으면 하는 집이었다. 나는 정신없이 달렸다.

숨을 고르며 고개를 들어 하늘을 올려다보았다. 별 하나 뜨지 않고 먹구름이 짙게 깔려 달마저 보이지 않았다. 송이의 방 창도 어두웠다. 바람이 불어 담쟁이가 바르르 잎을 떨었다. 나는 초인종을 누르기 시작했다. 계속 초인종을 누르며 문을 두드렸다.

마침 담장 위를 걸어오던 코코가 나를 보고 달려왔는데, 내가 평소와 달리 마른 멸치도 참치캔도 내놓지 않자 서운하다는 듯이 크게 울었다. 코코의 울음소리에 화답이라도 하듯 사방에서 고양이가 울기 시작했고 이어서 개 짖는 소리도 곳곳에서 요란하게 터져 나왔다. 동네가 온통 고양이와 개 우는 소리로 가득 찼다. 나는 끈질기게 초인종을 누르며 주먹으로 문을 두드리고 발로 차기도 했다. 그러자 누구야, 하는 고함과 함께 문이 거칠게 열렸다.

나는 송이 엄마를 밀치고 마당을 달려 집 안으로 들어갔다. 신발 벗을 새도 없이 텔레비전을 보며 수박을 먹고 있는 송이네 가족을 지나쳐 그대로 계단을 뛰어올라 2층 송이 방문을 열었다. 쟤 좀 잡아, 잡으라고! 하는 고함 소리가 쫓아왔지만 나는 잽싸게 문을 닫고 잠갔다. 밖에서 문 두드리는 소리가 요란하게 울렸다.

나지막이 경사진 천장 아래, 송이가 있었다. 별과 우주, 고양이와 북극곰을 좋아하는 내 친구 송이가 하늘이 비치는 작은 창 아래 누워 있다. 늘 그랬듯이 우리가 좋아하는 것들에 관해 이야기하기 위해 나는 송이 옆에 누웠다. 송이와 나는 나란히 누워 루나의 신곡을 들었다. 방 안에 아름다운 노래가 흐르고 천장에 난 작은 창으로 검푸른 하늘이 보이고 구름이 지나기도 하고 구름이 지나간 자리에 별이 하나 고요히 빛났다. 밖에서 요란하게 나던 문 두드리는 소리가 갑자기 뚝 그쳤다.

나는 몸을 일으켜 송이의 파리한 얼굴을 들여다보았다. 통통한 뺨 대신 창백하게 마른 송이의 얼굴을 가만히 쓰다듬었다. 온몸이 여위어 튼실했던 허벅지마저 사라진 송이였지만, 송이였으므로 나는 언제까지나 송이를 바라보며 송이 옆에 있고 싶었다. 우리가 좋아하고, 좋아하므로 지키고 싶었던, 하지만 그럼에도 불구하고 사라진 것들에 대해, 나는 송이와 이야기하고, 또 이야기하고 싶었다. 밖에서 손잡이에 열쇠를 밀어 넣고 거칠게 돌리는 소리가 들렸다.

나는 일어나 침대 밑에 구르는 작고 동그란 것을 주워 들고 송이에게 작별 인사를 했다. 송이는 침대에 누운 채 잠자코

나를 바라보았다. 문이 벌컥 열렸다. 나는 그대로 송이네 가족을 지나쳐 방을 나왔다. 송이를 한 번 더 보려고 고개를 돌리자 문틈 사이로 푸른 넝쿨이 하늘거렸다. 송이의 마지막 인사였다.

어둠 속에서 코코의 울음소리가 들려왔다. 코코가 아닌지도 모르지만 나는 코코라고 믿고 싶었다. 송이와 내가 좋아했던 것들이 잊히거나 사라지지 않고, 우리가 좋아했으므로 어딘가에 살아 있다고 믿고 싶었다. 울음소리는 점점 멀어지고 밤은 더욱 어두워졌다.

그 순간 따끔, 했다. 가슴과 배 사이의 오목한 부분, 그곳이 따끔거렸다. 그것은 따끔,으로 시작해서 점점 더 뜨겁고 아리게 온몸으로 퍼져 나갔다. 다리가 후들거리고 눈앞이 흐릿해졌다. 나는 송이를, 아니 송이의 일부인 작고 동그란 수박을 가슴에 꼭 안았다. 붉은 피 같은 수박즙이 내 가슴을 적시고 땅으로 흘러내렸고 간혹 내 뺨 위로 흐르던 눈물이 후드득 떨어지기도 했다.

나는 송이와 내가 좋아했던 것들을 하나하나 떠올렸다. 고양이와 북극곰, 벨루가 돌고래와 우파루파, 최초의 우주견 라이카와 나스카의 애스트로보이, 안드로메다와 블랙홀, 민트초콜릿과 체리아이스크림, 담쟁이와 코코, 그리고 루나의 노래. 내가 제일 좋아한 건 송이. 멀리 밤하늘에 달무리가 지고 어룽대어 그것이 꼭 우리가 언젠가 보러 가기로 한 오로라처럼 보였다. 이제 송이는 영영 볼 수 없을 오로라.

통증은 더욱 강렬해지며 온몸으로 퍼져 갔다. 내가, 내가 아
닌 무언가가 되어야 한다면 나는 색이 선명하고 화려한 꽃이
되고 싶었다. 스치는 것만으로 눈과 귀가 멀고 가슴을 쥐어뜯
으며 괴로워하다 죽게 되는 치명적인 독을 품은, 세상에서 가
장 아름답고 위험한 꽃.

그래도 될까.

나는 물었다.

좋아.

송이가 대답했으므로 나는 좋아서, 차츰 사라지고 있는 우
주를 향해 걸어 나갔다.

감정의 시장

국경 근처에 시장이 열린다는 소문을 들었다. 놀랐다. 사고 팔 것이 아직 세상에 남아 있단 말인가.

"방법이 있을 거야."

무나가 말했다.

무나는 어릴 적부터 한동네에서 자란 친구다. 나는 아침마다 무나의 집 앞에서 무나를 기다렸다. 조금만 기다려. 늘 똑같은 소리가 집 안에서 들려왔다. 무나의 집 현관문에는 스테인드글라스가 끼워져 있었다. 고개의 각도를 잘 맞추면 어느 순간 유리에 닿는 빛이 무지개처럼 영롱해졌다. 나는 무지개를 보기 위해 이리저리 고개를 돌리며 무나를 기다렸다. 무나의 숱 많은 머리는 땋는 데 시간이 꽤 걸렸다. 겨울이면 집 안에 들어가서 기다렸다.

무나의 엄마는 커다란 빗으로 무나의 머리를 정성스레 빗어 내렸다. 윤기가 자르르 돌 때까지 빗질은 계속되었다. 그런 다음 똑바르게 가르마를 탄 뒤 머리카락을 나누어 땋기 시작했다. 창으로 비쳐 든 햇살에 무나의 머리카락은 반짝반짝 빛났고 무나 엄마의 하얀 손가락은 검은 머리카락 사이로 피아노를 치듯 가볍고 우아하게 움직였다.

이제 무나의 머리카락은 목덜미쯤에서 싹둑 잘려 있고 윤기를 잃어 푸석했다. 학교는 문을 닫아서 더 이상 무나의 집 앞에서 기다릴 필요가 없었다.

"오늘 밤이래. 달이 뜨면 장이 선대."

저녁 설거지를 하고 있는데 무나가 집으로 찾아와 말했다.

밖은 아직 환했다. 양초를 아껴야 하므로 일찌감치 저녁을 먹고 설거지를 마쳐야 했다. 설거지는 금방 끝났다. 접시는 씻을 것도 없이 깨끗했다. 어차피 음식은 접시 바닥을 살짝 덮을 정도였다. 접시 바닥을 핥는 것은 하나도 부끄럽지 않은 일이었다. 식사 예절 같은 것, 우리는 잊은 지 오래였다.

내게는 팔 것도, 살 수 있는 돈도 없었다. 무나는 모르지 않는다. 무나 역시 마찬가지일 것이다. 그래도 무나는 가고 싶어 했다.

"지금 출발해야 해. 늦으면 안 되니까."

무나가 채근했다. 어쩔 수 없다. 무나가 저렇게 원하니 가야 할 것이다.

"옷 챙겨 입어. 국경은 추울지도 몰라. 어쨌든 밤엔 쌀쌀해지잖아."

나는 옷장에 한 벌 남은 외투를 꺼내 입었다. 아직 외투를 입을 날씨는 아니었지만 무나 말대로 국경은 추울 수도 있다. 나는 국경에 가 본 적 없었다. 무나도 마찬가지였다. 하지만 무나는 나보다는 국경에 대해 아는 것이 좀 있었다. 정확히 말하면 들은 것이 있었다.

국경에 대해 말해 준 이는 무나의 할머니였다. 풍족하던 시절, 무나의 할머니는 국경을 넘어 장사하러 다녔다. 화장품과 머릿기름, 장신구와 화려한 스카프, 정교하게 장식된 거울과 빗. 부피와 무게는 작고 벌이가 좋은 물건들이었다. 꼭 필요하진 않지만 지니고 싶은 것들이었다. 하지만 이젠 그런 물건을 사는 사람도 파는 사람도 없다.

무나 할머니가 마지막까지 팔던 것은 연고였다. 연고는 다른 어떤 물건보다 인기였다. 우리 집 서랍 속에도 늘 그 연고가 있었다. 여름 풀벌레 색이 도는 연고는 냄새는 좀 수상했지만 만병통치약이었다. 모기 물린 데, 넘어져 다친 곳, 베인 상처, 가벼운 화상이나 동상 입은 자리는 물론이고 이마에 바르면 열이 내리고 배꼽 근처에 발라 두면 급체가 가시고 설사가 멈췄다. 기분이 가라앉거나 입맛이 없을 때도 가슴 한가운데에 연고를 발라 문지르면 한결 나아졌다. 무나의 할머니는 연고를 직접 만들었지만 누구에게도 만드는 법을 가르쳐 주지 않았다. 이제 무나의 할머니는 더 이상 연고를 만들지 않는다. 국경이 닫힌 뒤부터였고 그건 꽤 오래전 일이다.

무나의 할머니는 체구가 컸다. 커다란 보따리를 이고도 가뿐하게 걸었다. 널찍한 등에는 보따리보다 더 큰 가방을 멨다. 며칠 만에 국경에서 돌아올 때는 조금 지친 모습이었고 떠날 때보다 더 큰 보따리와 가방을 이고 지고 있었다. 보따리와 가방은 국경 너머에서 싸게 살 수 있는 것들로 가득 채워져 있었다. 크고 좋은 과일과 절이거나 말린 생선들. 창밖으로 무나의 할머니가 돌아오는 걸 본 동네 여자들은 죄다 뛰어나갔다. 그날은 집마다 생선조림이나 국 냄새가 풍겨 왔다. 식사 후에는 향기롭고 즙 많은 과일을 먹었다. 너른 평원이 펼쳐지고 바다 가까이에 있는 국경 너머 도시에 대해 잠시 생각하기도 했지만 그뿐이었다. 우리에게 필요한 것은 다 이곳에 있었다.

국경이 닫혔을 때 사람들은 놀랐지만 이내 아무도 신경 쓰지 않았다. 생선과 과일이 좀 아쉽기는 했지만 돈을 더 주면 주변에서도 구할 수는 있었다. 국경이 닫힌 뒤로 무나의 할머니는 집 밖으로 나오지 않았다. 바람 빠진 풍선처럼 몸은 쪼그라들고 숱 많고 검던 머리카락은 완전히 하얗게 세 버렸다.

"마음이 닫힌 거지."

엄마는 말했다.

"무나 할머니 마음은 항상 국경 너머에 있었으니까."

무나에게는 한 번도 보지 못한 이모가 있었다. 무나 할머니의 큰딸, 그러니까 무나 엄마의 언니였다. 무나의 이모는 어느 날 갑자기 사라져 버렸다. 스무 살 생일을 며칠 앞두고서였다. 국경 너머로 끌려갔다는 소문이 돌았다. 그렇게 사라지는 사람들이 많던 때라고 했다. 누가 끌고 갔냐고 물으니 그건 아무도 모른다고, 엄마는 뭔가 알고 있는 듯한 얼굴로 말했다. 왜 끌고 갔냐고 물으니 아마도 서로 지켜야 할 것이 달랐기 때문일 거라고 엄마가 대답했다. 지켜야 할 게 뭐였냐고 묻자 엄마는 다 오래된 일이라고 말했다. 나는 더 이상 엄마에게 들을 수 있는 게 없다는 걸 알았다. 오래전 이야기는 하지 않는다, 그것이 우리가 새로 배운 규칙이었다.

무나가 이모 사진을 보여 준 적이 있었다. 무나의 이모는 무나의 엄마와는 닮지 않고 무나와 닮은 것 같았다. 머리숱이 많고 또렷한 눈매와 야무진 입가가 비슷했다. 그것은 무나 할머니에게 물려받은 것이었다. 사진 속 무나의 이모는 지금의 무나 또래로 보였다. 그게 무나 이모가 마지막으로 찍은 사진이었다. 사진을 찍은 얼마 뒤 무나의 이모는 사라졌다.

사진은 비닐로 싸여 있었는데 비닐은 닳아서 나달나달했다. 비닐 속 사진은 색이 바래 흐릿했다. 여자들에게 화장품과 빗을 권하며 사진을 꺼내 혹시 본 적 없냐고 수도 없이 묻는 무나 할머니의 모습이 그려졌다. 그것이 무나의 할머니가 굳이 국경을 넘는 이유였을 것이다. 오래전 이야기를 하는 건 무나 할머니뿐이었다. 그래서 생선과 과일을 살 때 외에는 동네 사람들은 무나 할머니를 멀리했다.

"무나네 집에 갔다 올게."

나는 엄마 방문을 열고 문틈으로 말했다.

엄마는 침대 머리맡에 베개를 돋우고 등을 기대고 있었다. 내 말을 못 들은 양 엄마는 맞은편 벽만 멍하니 바라보았다. 그곳은 둥근 거울이 달린 화장대가 놓여 있던 자리지만 지금은 아무것도 없었다.

엄마는 저녁을 먹고 집안일을 마무리하고 아빠에게 양말을 뒤집어 벗어 놓지 말라거나 맥주는 한 병 이상은 안 된다는 둥, 잔소리한 뒤 침대 옆 작은 등을 켜고 폭신한 베개에 몸을 파묻은 채 책을 읽으며 기분 좋은 졸음이 찾아오길 기다렸다. 엄마는 그 시간을 위해 하루를 견디는 것처럼 보이기도 했다. 이제 엄마는 그 좋아하는 시간을 잃었다. 아직 불쏘시개가 되지 않은 책이 몇 권 남아 있지만 엄마는 책을 거들떠보지도 않았다. 마트 진열대에서 우유가 사라지고 달걀을 살 수 없게 됐을 때도 우리가 너무 잡아먹은 모양이구나, 하고 농담을 했던 엄마는 지속되는 궁핍에 서서히 지쳐 가다 급격히 무너져 버렸다. 엄마는 대체로 낙관적인 사람이었지만 낙관은 비관보다 힘이 세지 않았다.

무나네 집에 다녀온다고 다시 한번 말했지만 엄마는 대꾸하지 않았다. 그전 같으면 뭐라고 한마디 했을 것이다. 늦은 시간에 남의 집에 가는 건 실례라는 둥, 여자애 혼자 다니기에 밤길이 무섭다는 둥. 말도 안 되는 소리였다. 무나네 집은 지척이었다. 언제부턴가 가로등 불빛이 사라져 길이 을씨년스러워졌지만 무서울 겨를도 없이 오갈 거리였다. 나는 어릴 때부터 자주 무나네 집에서 자고 왔다. 무나가 우리 집에서 자고 가기도 했다. 어느 날 갑자기 예의와 안전을 내세우며 엄마는 속마음을 감췄다. 엄마는 무나를 싫어하지는 않았다. 하지만 친구는 두루두루 사귀는 게 좋다고 말하곤 했다.

"무나가 있는데 뭐 하러."

내 말에 엄마가 한숨을 쉬더니 말했다.

"무나가 세상의 전부는 아니잖니."

어떻게 무나가 세상의 전부가 될 수 있어. 하지만 무나가 없는 세상은 완전히 다른 세상이야. 나는 생각한 것을 다 엄마에게 말하지는 않았다. 두루두루 나눌 마음을 하나에만 쏟는 것이 낫다고 생각했지만 이 역시 엄마에게 말하지 않았다. 두루 친구를 사귀었던 엄마는 이제 아무도 만나지 않는다. 나는 조용히 방문을 닫았다.

무나가 잠깐 자기 집에 들렀다 가자고 했다. 무나네 현관문에서 나는 더 이상 고개를 돌려 보지 않는다. 무지개는 사라진지 오래였다. 깨진 스테인드글라스에는 테이프가 덕지덕지 붙어 있었다. 현관문이 열리더니 무나 엄마가 얼굴을 내밀었다. 안색이 나쁘고 머리가 헝클어져 있는 무나 엄마는 흐릿한 눈으로 내 너머의 어딘가를 바라보며 말했다. 왜 거기 서 있어.

무나의 집에 온 건 오랜만이었다. 여름 동안 무나와 나는 집 대신 바깥에서 만났다. 갈 곳은 없었다. 우리가 자주 가던 아이스크림 가게는 문을 닫았고 다른 가게들도 마찬가지였다. 공원에 가기도 했지만 이내 그만두었다. 공원은 이제 아무도 관리하는 사람이 없어 풀이 더부룩하고 쓰레기 천지였다. 벤치는 비닐봉지를 주렁주렁 들고 다니는 사람들이 차지했다. 벤치를 차지하지 못한 사람들은 땅바닥에 누워 있었다. 한여름에도 원래 색을 알아볼 수 없는 옷을 겹겹이 껴입은 그들에게서 멀리까지 악취가 났다. 공원 전체에서 고약한 냄새가 풍겼다. 무나와 나는 마을 이곳저곳을 걸어 다녔다. 땀을 흘리고 모기에게 뜯겼지만 집 안에 있는 것보다는 나았다. 집에는 뭔지 모르지만 숨 막히게 하는 것이 고여 있었다. 반듯한 길을 따라 이어진 집들의 창은 모두 굳게 닫혀 있었다.

무나의 집은 휑뎅그렁했다. 어스름한 빛에 싸인 집은 깊은 바닷속 같았고, 무나 엄마는 창을 등지고 앉아 내 쪽을 물끄러미 바라봤는데 내 존재는 잊은 눈치였다. 무나 엄마는 그렇게 앉아 있곤 했다. 마치 하루 이틀 출장이라도 가듯 무나 아빠가 단출한 가방을 들고 집을 나갔을 때부터였다. 국경이 닫히기 전이었고, 무나 할머니의 벌이가 좋았던 때였으니 우리 아빠처럼 살 궁리를 찾아보겠다고 집을 나간 건 아니었다. 무나의 아빠는 무나 엄마 말고 좋아하는 사람이 생겨서 떠났다고 했다. 이유가 어찌 됐건 집을 떠난 아빠들은 다시는 돌아오지 않았고 소식도 없었다.

무나 아빠가 떠난 뒤 무나 엄마는 아주 친절하고 다정한 사람이 되었다. 원래도 그랬지만 더 다감해졌다. 무나 엄마는 뭘 못 줘서 안달 난 사람 같았다. 입던 옷부터 서랍 깊숙이 넣어 두고 특별한 날에만 하던 목걸이와 브로치 등을 아낌없이 나눠 줬다. 심지어 옷장까지 내줬다. 푹신한 소파와 자수를 놓은 쿠션, 우아한 탁자와 꽃무늬 찻잔과 접시들이 차례차례 사라지고 집 안에 남은 건 무나와 무나 할머니뿐이었다.

무나가 위층에서 내려왔다. 손에 작은 보따리를 들고 있었다. 가자. 무나가 말했다.

아, 왔니. 무나의 엄마가 나를 처음 본 양 말했다. 나도 처음 본 것처럼 다시 인사했다. 집을 떠나는 우리에게 무나 엄마가 말했다. 재미있게 놀다 와.


"쳐다보지 마. 돌을 던진다."

감나무가 있는 집 앞을 지날 때 무나가 말했다.

감나무 아래, 담장 밖에 노인이 의자를 내놓고 앉아 있었다. 꽃이 떨어지고 열매가 맺히기 시작했을 때부터 노인은 밤낮으로 그 자리에 앉아 감을 지켰다. 작년에 익지도 않은 감을 누가 다 따 가 버렸기 때문이다. 먹을 수 있다면 사람들은 무엇이든 입에 넣었다. 감은 아직 작고 푸릇했다. 몇 해 전까지 노인의 아내는 둘이 먹기에 너무 많다며 우리 집에 감을 잔뜩 나눠 줬다. 이제는 누구도 가진 것을 나누지 않는다.

우리는 공원을 가로질렀다. 마을을 빠져나가는 지름길이었다. 악취를 풍기는 사람들은 그새 더 늘어나 있었다. 벤치에 앉아 있던 여자가 우리에게 말을 걸었다. 여자의 얼굴은 먼지와 때로 더러워져 입고 있는 옷과 구분이 안 될 정도였지만 눈만은 이상할 정도로 빛났다.

"이봐, 세상이 왜 이런지 알아? 너희들이 저지른 죄 때문이야. 기도를 해. 열심히 기도해야 구원받을 수 있어. 그래도 너희는 구원 못 받을 거야."

우리는 못 들은 척하고 재빨리 지나쳐 갔다. 여자는 우리 등 뒤에서 계속 중얼거렸다. 혼잣말과 침묵, 사람들이 대화 대신 선택한 것이었다. 무나와 나는 한동안 말없이 걸었다.

"너희 어디 가?"

길에서 같은 반이었던 아이들을 만났다.

나는 속으로 그 애들의 이름을 떠올렸다. 도, 레, 미. 물론 이름은 따로 있지만 무나와 나는 그 애들을 도레미라고 불렀다. 도레미는 항상 같이 다니면서도 도와 레가 미를 따돌리고 어느 날은 레와 미가 도를 따돌렸다. 레가 대장 격이었다. 어디 가는 거냐고 도가 또 물었다. 이상했다. 학교 다닐 때도 안 친했고, 학교가 문 닫은 후에는 만날 일 없고, 우연히 만나도 아는 척하지 않던 애들이었다.

"뭔 상관이야."

106

무나가 대꾸하자 도레미는 일제히 웃음을 터뜨렸다. 그 애들은 늘 그렇게 웃었다. 기쁘거나 행복하거나 재밌어서가 아니라 조롱하거나 무시하겠다는 신호로 웃었다.

"비밀인가 봐? 그럼 보따리는 감췄어야지."

레의 말이 끝나자마자 도와 미가 우스워 죽겠다는 듯이 까르륵 웃었다.

"국경에 가는 거지?"

"어딜 가든."

"그거 거짓말이래. 시장 같은 건 안 열려."

"그래, 알았어."

무나는 내 소매를 잡아끌며 걸음을 빨리했다.

"다 거짓말이래. 국경 닫힌 거 모르니. 거기에 모인 사람은 다 잡아간대."

무나는 무시하고 앞만 보고 걸었다. 레의 목소리가 끈덕지게 따라왔다.

"다 끌려간대. 그게 뭔지 네가 제일 잘 알잖아?"

등 뒤에서 웃음소리가 터졌다.

무나는 빠른 속도로 걸었다. 무나의 보따리에서 달그락 달그락 소리가 났다. 나는 무나와 속도를 맞추고 싶지만 발가락이 아파서 조금씩 뒤처졌다. 신발이 작아진 지 오래였다.

"거짓말이야, 걔네들. 지들도 가고 싶어서 그러는 거야."

무나가 내가 따라오길 기다렸다 말했다.

"알아."

나는 신발을 고쳐 신으며 무나의 말에 고개를 끄덕였다.

"쟤들은 참 여전하다."

내 말에 무나는 안심한 듯 씩 웃으며 말했다.

"사람은 잘 안 변해."

나는 무나의 말에 좀 놀랐지만 내색하지 않았다. 사람이 얼마나 쉽게, 그리고 완전히 변할 수 있는지 누구보다 무나가 잘 알 텐데. 무나만 해도 어딘가 변한 것 같다. 딱히 어떤 점이 달라졌다고는 할 수 없다. 아니, 실은 알고 있다. 무나의 눈은 늘 먼 곳을 바라보고 있었다. 이곳 아닌 어딘가를.

한참을 걸었다. 집이 점점 드물어지고 하얗게 변하기 시작한 억새밭이 펼쳐졌다. 야트막한 언덕 위에 오르자 멀리 숲이 보였다. 아직 해는 남아 있었지만 숲은 이미 어둠이 온 듯 짙었다. 국경으로 가는 길은 숲을 지났다. 숲은 넓고 깊었다.

숲에 종종 가곤 했다. 무나네와 우리 가족이 자주 어울리던 때였다. 두 대의 자동차에 짐을 가득 싣고 숲으로 소풍 갔다. 텐트와 그릴, 야외 식탁과 의자와 해먹, 그리고 먹을 게 잔뜩 있었다. 고기와 소시지, 핫도그 빵과 샐러드, 얼음을 넉넉히 채운 아이스박스에는 음료와 과일이 그득했고 무나 엄마가 만든 파이와 쿠키도 있었다. 또 뭘 먹었더라. 생각만 해도 입안에 침이 괴었다. 또 시작이었다. 생각하지 않으려고 하는 것을 나는 종일 생각한다. 예전에 먹었던 것, 지금 먹고 싶은 것,

어쩌면 다시는 먹을 수 없는 것들.

어른들은 쉴 새 없이 고기를 구우며 맥주를 마셨고 무나와 나는 해먹에 몸을 붙이고 누워 있었다. 나무 사이로 비쳐 든 햇살에 눈이 부셨다. 특별한 날은 아니었다. 배부르게 먹던 날 중 하루였다. 그런 날은 다시 오지 않을 것이다.

나는 고개를 돌려 뒤돌아봤다. 우리를 뒤따르는 희미한 그림자가 마치 주저하듯 마을 쪽으로 길게 뻗어 있었다. 무나는 앞서 성큼성큼 걸었다. 내리막길이라 발가락이 점점 더 아파왔다.

"잠깐만 쉬었다 가자."

언덕을 내려온 뒤 길가에 나타난 집을 바라보며 내가 말했다. 창에 나무 덧문이 내려져 있고 마당은 풀이 더부룩했지만 철모르고 꽃을 피운 장미가 울타리 너머 흐드러졌다. 빈집인 것 같지만 아닌 것도 같았다. 요즘은 사람 사는 집과 빈집의 구분이 어려웠다.

"곧 해가 질 텐데."

무나의 말을 못 들은 척하고 나는 다 삭은 문을 밀고 마당으로 들어갔다. 베란다에 의자가 놓여 있었다. 두껍게 쌓인 먼지를 대충 털어 내고 의자에 앉았다. 무나가 불만스러운 얼굴로 내 옆에 와 앉았다.

"팔 거야?"

내가 보따리를 가리키며 물었다.

짙은 자주색 보자기가 눈에 익었다. 무나의 할머니가 국경을 넘을 때 머리에 이고 다니던 보따리였다. 무나는 보따리를 풀더니 물병을 꺼내 내게 내밀었다. 한 모금 마시고 돌려주자 무나도 물을 아껴서 마셨다. 그러고는 또 다른 병을 꺼냈다. 모두 세 병이었다. 병 속에는 연못물을 뜬 것 같은 탁한 녹색 물이 입구까지 가득 담겨 있었다. 무나가 병뚜껑을 열어 냄새를 맡게 해 줬다. 야릇한 냄새가 났다. 무나 할머니가 만든 것이라고 했다. 그러고 보니 연고 색과 비슷한 것도 같았다.

"할머니 침대 밑에 한가득이야. 마침 며칠 전에 잔뜩 만들었어. 마당에 난 풀을 뜯어서 종일 끓여. 온 집 안에 냄새가 지독해. 곧 죽을 것 같은 사람이 이거 만들 때는 펄펄 날아다녀."

"약이야?"

"할머니한테는 약이고 밥이지. 종일 이것만 마시고 기분이 좋아졌다 울다 자다 깨서 또 마시고 기분이 좋아졌다 울지."

"술이야?"

"만병통치약이라니까."

무나 할머니는 침대에서만 지냈다. 무나는 아침마다 밥과 물을 담은 쟁반을 할머니 방으로 가져갔다. 저녁에 쟁반을 가지러 가면 밥은 그대로 남아 있었다. 할머니가 방을 나오는 건 화장실 갈 때뿐이었다. 한때는 딱 맞았지만 이제는 풍덩해진 잠옷을 입은 무나의 할머니는 마치 큰 집을 휘적휘적 배회하는 유령 같았다.

"이게 있더라고."

옷이었다. 하얗고 작은 칼라가 달린 감색 원피스였다. 새 옷은 아니지만 깨끗했다. 무나 옷은 아니고 무나 엄마가 입었을 만한 옷도 아니었다. 기억났다. 사진 속 무나 이모가 입고 있던 옷이었다.

"애지중지해 봐야 옷인걸, 뭐. 옷은 입어야 옷이지. 추억이 무슨 소용이야. 어차피 우리 할머니는 늘 추억 속에 살고 있는데."

"정말 팔 거야?"

무나가 옷을 보따리에 도로 넣고 매듭을 지으며 대답했다.

"빈손으로 시장에 갈 순 없잖아."

나는 외투 주머니에 손을 넣었다. 깊고 넉넉한 주머니 속을 더듬어 보자 작은 먼지 뭉치가 만져졌다.

그때 집 안에서 울음소리가 들렸다. 아주 가냘픈 소리였다.

"아기가 있나 봐, 무나야."

"가자. 누가 나올라."

무나가 황급히 일어서며 재촉했다. 나는 무나를 따라나서는 대신 현관문에 귀를 댔다.

"계속 우는데."

"어른이 있겠지. 가자."

나는 현관문 손잡이를 슬쩍 돌려 봤다. 문이 열렸다.

"뭐 하는 거야? 남의 집에 들어가면 안 돼."

무나의 목소리가 조금 높아졌다.

"이미 들어왔잖아."

나는 집 안으로 들어갔다.

예쁜 집이었다. 사람이 살았을 때는 분명 그랬을 것이다. 덧문 사이로 간신히 스며든 빛이 집 안을 창백하게 비췄다. 예전에 무나의 엄마가 그랬던 것처럼 하얀 벽은 해마다 새로 페인트칠하고 짙은 나무 문은 문질러 닦아 광택을 냈을 것이다. 바닥에 다리 부러진 의자만 하나 쓰러져 있었다. 거실 한쪽 벽난로 안에는 가져갈 수 없지만 남기고 갈 수도 없는 것들을 태운 재가 가득 쌓여 있었다. 쓰레기가 나뒹굴었지만 침입자의 흔적은 없었다. 집은 고요히 새 입주자를 기다리고 있는 것 같았다.

방 두 개와 욕실 문을 열어 보고 부엌 싱크대 안까지 살펴봤지만 쓰레기뿐이었다. 울음소리는 더 이상 나지 않았다. 하지만 뭔가 있다는 기분이 들었다.

"유령이겠지, 아니면 뭐겠어."

무나가 심드렁하게 말했다. 무나의 할머니는 유령을 많이 만났다.

침대에 누워만 있기 전, 무나의 할머니는 이야기를 잔뜩 지닌 사람이었다. 이상하고 신비롭고 흥미로우며 도무지 믿을 수 없는 이야기들. 꾸며 낸 이야기가 아니었다. 다 할머니가 겪은 일이라고 했다. 유령을 만난 것도 물론 진짜였다. 국경 근처 여관에 묵었을 때 침대맡에 앉아 밤새 노래를 불렀던 젊은 여자, 여자는 몸이 흐릿하고 얼굴은 형체가 없었는데 목소리만은 참 곱고 또렷했단다. 야간 버스 옆 좌석에 앉아서 과자를 달라고 칭얼대다 보따리를 뒤져 사과를 들고 내뺀 아이도 있었다. 아이는 부모도 없이 혼자 버스에 탔고 무나 할머니가 깜빡 졸다 깨 보니 사라지고 안 보였는데 버스는 그동안 한 번도 멈춘 적이 없었다. 유령이 아니고 뭐겠니. 무나 할머니는 그렇게 말하고 빙긋 웃었다.

이런 이야기도 있었다. 할머니가 새벽같이 여관에서 나와 국경을 향해 부지런히 가는데 갑자기 웬 소녀 하나가 나타나 옆에서 걸었다. 겨울이고 해 뜨기 전이라 무척 추워서 입김이 하얗게 나올 정도였는데 소녀는 얇은 옷차림이었다. 낯빛이 파리하고 몹시 추워 보이기에 무나 할머니는 보따리에서 숄을 꺼내 소녀의 어깨에 둘러 줬다. 국경에 도착해 보니 소녀는 없고 국경 사무소 옆에 서 있는 커다란 나무에 숄이 걸려 있더란다.

우리는 할머니가 라디오를 켜 놓고 잠이 들었거나 조느라 버스가 서고 아이가 내리는 걸 보지 못했을 거라고 추측하면서도 늘 흥미진진하게 들었다. 숄을 빌려준 건 진짜였을지도 모른다. 춥고 두려운 표정을 한 소녀에게 무나 할머니는 무엇이든 줬을 것이다. 누군가 자신의 딸에게도 숄을 빌려줬길 바라며. 무나 할머니는 이야기 끝에 항상 이렇게 말했다. 나는 유령은 안 무섭다. 무서운 건 사람이지.

그때 다시 울음소리가 들렸다. 2층이었다. 올라가니 방이 두 개 있었고 남은 거라곤 푸른 벽지 위의 낙서뿐이었다. 어린아이가 그린 그림이었다. 삼각형 지붕 집에 어른 둘 사이에 아이 셋이 나란히 손을 잡고 있었다. 다시 소리가 났다. 나는 소리를 따라갔다.

복도 끝에 계단이 있었다. 폭이 좁은 계단은 밟을 때마다 삐걱거리는 소리가 났다. 계단을 다 오르니 다락방이 나타났다. 좁은 창으로 들어온 햇살이 길쭉하게 바닥 가운데에 누워 있었다. 노란빛 속에 작은 곰 인형 하나가 엎드려 있었다. 나는 인형을 집어 살펴보았다. 빛바랜 갈색 털은 뭉쳐 있고 여기저기 솜이 비어져 나와 있었다. 주인에게 오랫동안 사랑받은 모양이었다.

"무나야, 이런 데서 살고 싶지 않냐?"

"이 집에서 살고 싶다고?"

"꼭 이 집이 아니더라도. 언젠가는. 어쩌면 우리 둘이 같이 살 수도 있지 않을까?"

"그래, 그럴 수도 있지. 하지만 이 집은 아니야. 저기 집 주인 있다."

무나가 구석을 가리켰다. 뭔가 있었다. 작은 솜뭉치 같은 것. 새끼 고양이였다. 가까이 다가가자 도망치는 대신 겁먹은 얼굴로 잔뜩 웅크렸다. 아주 작았다. 연한 레몬 빛이 도는 털

114

은 푸석했고 비쩍 말랐다.

"버리고 갔나 봐."

내 말에 무나가 고개를 끄덕이더니 말했다.

"차에 고양이 탈 자리가 없었나 보지."

나는 곰 인형을 고양이에게 돌려줬다. 고양이는 가냘프게 울었다. 아기 울음소리 같았다. 나는 무나의 보따리를 바라보며 물었다.

"무나야, 뭐 더 없어?"

"마술 보따리인 줄 아냐. 있어도 고양이 줄 건 없어, 모르냐."

나도 잘 알고 있다. 동네에는 개도, 고양이도 보이지 않은 지 오래였다. 굶거나 병들어 죽었을 것이다. 다른 경우는 상상하고 싶지 않다.

"가자. 이러다 늦겠어."

더 기다리지 않고 무나가 황급히 집에서 나갔다. 나는 마당에서 고개를 돌려 집을 한번 돌아봤다. 2층 창에 뭔가 어른거렸다. 빛이 반사된 것뿐이었다.

한참 뒤 숲에 들어섰다. 숲속은 이미 밤이었다. 나뭇가지 사이로 비친 마지막 햇살이 닿은 나뭇잎이 불붙은 것처럼 붉게 빛났다.

"돌아보지 마."

무나가 말했다. 고양이가 계속 따라오고 있었다. 가끔 묘오,

하고 울면서 쫓아왔다.

"아는 척하지 마. 뭘 해 줄 수도 없잖아."

"나도 알아."

발이 아파 주저앉아 신발 끈을 고쳐 묶었다. 무나가 저만치 가고 있었다. 외투 주머니 속에 새끼 고양이를 넣고 나는 다시 걷기 시작했다. 주머니 속에 손을 넣으니 보드라운 것이 만져졌다.

자박자박, 무나와 내가 걷는 소리만 들렸다. 아니다. 귀를 기울이면 황급히 숲 안쪽으로 사라지는 무리의 소리가 들려왔다. 작은 짐승과 새와 벌레들. 어쩌면 무나 할머니가 만났던 유령들. 유령은 무섭지 않다. 사람이 더 무섭다. 구우우우, 하는 새소리가 우울하게 들려왔다.

"무나야, 시장에서 뭘 살 거야?"

"물건이 팔려야 사지."

"만약 팔리면 뭘 살 거야?"

"먹을 걸 좀 살 수 있으면 좋겠지."

다시 나는 먹을 것에 대해 생각했다. 배가 몹시 고팠다. 무나도 배가 고플 것이다. 한참 만에 무나가 말했다.

"쓸모없는 것들을 좀 사고 싶어."

"쓸모없는 것?"

"없어도 되지만 있으면 좋은 것들."

"너희 할머니가 팔던 것들?"

"있어야 하는데 없이 사는 것들."

"그게 뭐야?"

"나도 몰라. 오래돼서 잊어버렸어."

어둠 속에서 무나의 목소리가 마치 먼 곳에 있는 것처럼 들려왔다. 나는 무나의 손을 잡으며 물었다.

"무나야, 오늘 밤 달이 뜰까?"

"저기 봐. 별 떴다."

나는 무나가 가리키는 방향으로 고개를 들었다. 별인가 싶은 작은 불빛이 하나 반짝였다. 달은 보이지 않았다.

사르륵, 사르륵 소리가 났다. 이쯤이었다. 아빠들은 낮잠을 자고 무나 엄마가 우리 엄마에게 샐러드 소스 만드는 법을 가르쳐 주는 동안 무나와 나는 호숫가로 왔다. 울창한 나무 그림자가 드리워져 한낮인데도 호수 가장자리는 어둑했다. 호수를 따라 갈대가 가득 피어 땅과 물의 경계가 모호했다.

우리는 갈대를 헤치며 길 없는 길을 걸어 호수 주변을 돌았다. 우리 말고는 아무도 없었다. 신발은 금방 흙투성이가 되고 축축해졌다. 엄마한테 혼나겠지. 당연하지. 이제 와 벗어도 소용없겠지. 소용없지. 그런 말을 무나와 나는 주고받으며 계속 갈대밭을 걸었다. 호수는 끝도 없이 넓어서 어디까지 가야 할지 알 수 없었다. 무나는 알았을까. 무나는 야무진 아이니까 알았을지도 모른다. 끝까지 갈 수 없다는 것을.

나는 더 가고 싶지 않았지만 무나는 계속 걸었다. 신발이 진창에 빠져 빼내려 애쓰는 동안 무나는 무성한 갈대 속으로 사라졌다.

"무나야, 국경까진 얼마나 남았을까?"

어둠 속에서 아무 대답도 들려오지 않았다.

작은 울음소리가 났다. 나는 주머니 속에 손을 넣어 작고 보드라운 것을 가만히 만졌다.

나는 소리쳐 무나를 불렀다. 내 목소리가 나무와 바위에 부딪혀 돌아왔다. 무나, 무나, 무나. 무나를 부르는 소리가 호수 위로 퍼졌다. 무나, 무나, 무나.

무나는 돌아오지 않고 묘오, 하는 가냘픈 울음소리만 났다.


동이 틀 무렵 마을에 도착했다. 나는 그대로 무나네 집으로 갔다. 현관문을 두드리자 한참 뒤에 문이 열리고 무나의 엄마가 내 뒤의 어딘가를 바라보며 말했다. 이제 왔니.

나는 2층으로 올라가 할머니의 방문을 열었다. 문을 열자 냄새가 훅 풍겼다. 깊은 숲속 냄새, 녹조가 가득 낀 연못에서 풍기는 냄새, 썩은 낙엽과 축축한 이끼와 고목 사이에 핀 버섯 냄새, 빛이 닿지 않는 지하실에서 싹을 피우는 감자와 옷장 안에 넣어 둔 나프탈렌 향이 뒤섞인 냄새. 두껍고 묵직한 공기가 방 안에 고여 있었다. 무나의 할머니는 침대에 누워 유령 같은 눈으로 나를 바라보았다. 나는 할머니의 손을 가만히 잡았다. 바싹 마른 나뭇가지 같았다. 잠시 뒤 나는 방에서 나왔다.

　나는 무나의 집 현관 계단에 앉았다. 외투 주머니에서 고양이를 꺼내자 묘오, 하고 고양이가 내 품을 파고들었다. 무나는 돌아오지 않았다. 나는 알고 있었다. 무나가 돌아오지 않으리라는 걸. 국경의 시장으로 떠난 그 순간, 무나가 영영 떠날 것을 짐작했다. 가야만 한다는 것도 알 수 있었다. 함께 가고 싶었다. 왜 나를 두고 혼자 가 버렸는지 나는 태양을 노려보며 이해해 보려 애썼다. 무나가 없는 세상은 있을 수 있지만, 그건 완전히 다른 세상이다. 햇살이 부셔서 눈물이 났다. 고양이가 묘오, 울며 내 손을 핥았다.

진, 선물 고마워. 정말 마음에 드는 목걸이야. 펜던트에 박혀 있는 푸른 보석이 정말 예뻐.

보석은 아니고 예쁜 돌멩이라며 너는 웃었지. 그래도 꼭 보석처럼 보여. 햇살에 비추면 음영이 달라지며 다채로운 빛을 띠어. 이른 새벽빛 같기도 하고 별이 뜬 검푸른 밤처럼 보이기도 해. 보석을 둘러싸고 섬세하게 장식된 모양도 참 아름다워. 요즘은 이런 물건 구하기가 쉽지 않지. 불필요한 데에 정성을 들이는 게 이상스러운 시대니까. 네가 이 목걸이를 찾기위해 얼마나 애썼을지 짐작이 가. 목걸이를 발견하고 딱 누구취향이라고 생각했겠지. 그래, 오래된 물건이라면 나는 사족을 못 쓰지. 정말 고맙다. 아, 그건 이미 말했던가.

진, 네가 어제 물었지. 케이크 위의 촛불을 불며 무슨 소원을 빌었냐고. 그래, 부디 소원이니 내년 내 생일에는 초 개수를 좀 줄여다오. 오늘내일하는 늙은이에게 195개의 초라니. 불 끄다 죽게 할 셈이냐?

물론, 농담이다. 아직 내 폐는 튼튼해. 교체한 지 얼마 안 됐으니까. 오히려 젊었을 때보다 폐활량이 더 좋아진 것 같아. 그래도 늙거나 수명이 다한 장기들을 기계로 대체하는 게 난 여전히 마뜩잖다. 여분의 삶을 어떻게 살아야 할지 잘 모르겠거든. 그건 주어진 삶에 대해서도 마찬가지였지.

늙은이에게 소원이랄 게 뭐 있겠니. 그저 고통 없이 편히 죽는 것 하나 바랄 뿐이지. 그것도 굳이 소원할 필요 없겠지. 내 몸속 인공 심장의 스위치만 내리면 재깍 숨을 멈출 테니까. 진, 너는 상상도 못 하겠지만 죽음을 자연의 섭리에 맡길 때가 있었어. 짧거나 긴 차이는 있어도 죽음까지는 겹겹이 고통의 순간이 있었지. 아주 오래전 일은 아닌 것 같은데 말이야. 요즘은 자주 헷갈려. 예전 일이 바로 어제 같기도 하고 어제 일이 아득하기도 하고. 그럴 법도 하지. 기계도 시간 지나면 고장이 나는데 사람이 이백 년 가까이 살았으면 오류가 생기는 게 당연하지. 아니, 이런 이야기를 하려던 건 아니었다.

소원에 관해 이야기하고 싶었다, 진.

사실 나는 생일마다 비는 소원이 하나 있어. 아니, 생일뿐 아니라 소원을 빌 수 있는 모든 상황에 빌곤 했지. 성당과 교회와 절에 갈 때마다 빌었지. 진, 너는 이해하지 못하겠지만 그런 곳들이 과거에는 소원을 비는 장소로 쓰였어. 지은 죄를 용서받고 구원되기를 소원하고 가족의 안녕과 복을 빌곤 했어. 심지어 산이나 강가에 돌무더기를 쌓고 빌기도 했지. 소원을 빌면 진짜 이루어지는지 알 수 없지만 빌지 않는 것보다는 마음이 놓였지. 최소한 뭔가는 했으니까. 나는 뭔가 빌 수 있는 순간마다 역시 소원을 빌었어. 새해 첫날, 한 해 마지막 날, 크리스마스이브…… 그렇지 않은 날에도 빌었지. 매일 잠자기 전, 눈을 뜬 뒤, 세끼 밥을 먹을 때마다. 숨을 쉬듯 빌었어. 단 한 가지의 소원을. 내 소원은 말이야, 내 언니를 다시 만나는 거야.

그래, 놀라는 것도 당연하지. 진, 너는 처음 듣는 얘기일 테니까. 내겐 두 살 많은 언니가 있어. 네게는 그러니까 이모할머니가 되겠구나. 너는 왜 한 번도 이모할머니를 만나지 못했는지, 심지어 이모할머니가 있다는 것조차 몰랐는지 의아해하겠지. 거기에는 조금 복잡한 사정이 있어.

진, 혹시 화성이라고 들어 본 적 있니?

화성은 태양계에 있는 행성이야. 금성 다음으로 지구와 가까이 있는 별이지. 진, 네 표정이 어떨지 짐작돼. 도무지 믿을 수 없다는 표정이겠지. 그래, 언급하는 것조차 금지된 곳, 완전히 지워져서 없어진 곳, 네 세대는 들어 본 적조차 없는 곳. 그곳이 바로 화성이지. 하지만 화성은 여전히 우리 머리 위에 있단다. 저 멀리 우주에서 태양 주위를 돌며 이따금 지구와 마주치며. 그곳, 화성에 내 언니가 있어.

열일곱 살의 언니는 야구복을 입고 활짝 웃으며 우주선에 올랐지. 그게 언니의 마지막 모습이 될 거라고 나는 상상도 못 했어. 그러니까 그게, 벌써 100년하고도 80년 전 일이구나.


구름을 뚫자 붉은 땅이었다. 주운은 창에서 시선을 떼지 못했다. 붉은색 가운데 부주의하게 흘린 커피 얼룩처럼 거무스름한 둥근 자국이 보였다. 올림퍼스 화산일 것이다. 태양계에서 가장 큰 화산. 좀 지나자 초록색 점들이 눈에 띄기 시작했다. 옥수수밭. 아니면 감자나 콩이리라 짐작했다. 주운은 수업 시간에 배운 내용을 떠올렸다. 화성의 주된 산업은 광업이지만 그보다 더 힘을 쏟고 있는 부분은 농업이었다. 식량 자급은 정착 성패와 직결된 가장 중요한 문제이기 때문이다. 하지만 물이 풍족하지 않은 화성에서 재배할 수 있는 작물은 한정되어 있었다. 붉고 거친 땅이 빠르게 다가왔다. 이런 순간을 주운은 수도 없이 상상했다.

화성 개척 사업은 성공적이었다. 화성의 광물 생산량이 급증하면서 지구인의 화성 이주가 급격히 늘었다. 지구인들, 아니 화성인이라고 불러야 할 이주민들의 복제 실력은 놀라웠다. 운하를 중심으로 세워진 거주 지역인 '뉴시티'는 고층 빌딩이 드물다는 점 외에는 지구의 도시를 그대로 옮겨다 놓은 것 같았다. 관공서와 각종 편의시설, 학교와 종합병원, 도서관과 극장, 식당가와 쇼핑몰과 놀이공원. 규모로 보면 대단치 않지만 각종 시설을 잘 갖췄다. 물론 부족한 것도 있었다.

각자 떠난 이유는 달랐지만 이주민들은 지구를 그리워했다. 가족과 친구, 공기와 날씨, 푸른 숲과 중력. 그런 것들은 지구를 떠나려고 결정한 순간 순순히 포기했다. 하지만 쉽게 포기 안 되는 것들이 있었다. 이상하게도 작고 사소한 것일수록 그랬다. 이를테면 진짜 원두로 만든 커피, 육즙 가득한 스테이크와 싱싱한 생선회, 달콤하고 향기로운 과일 같은 것들. 화성에도 커피, 고기와 생선, 심지어 과일도 있었다. 대체 식품들이었다. 대체 식품은 모양과 색, 식감과 향 등이 진짜 식품과 흡사했다. 하지만 흡사하다는 건 결코 진짜가 될 수 없다는 뜻이었다. 진짜 식품, 즉 지구의 식품들은 암시장에서 거래됐다. 어마어마한 가격이 매겨졌고 거래 자체는 불법이었다. 진짜 식품을 차지하는 건 극소수, 부자들뿐이었다.

많은 것을 대체품으로 만족해야만 하는 이주민들은 종종 자신의 삶마저 가짜가 아닐까 의심하곤 했다. 현실에 발붙이지 못하는 이들에게 미래 역시 위태로웠다. 화성의 주민들은 더 나은 미래를 위해 지구를 떠나온 이들이었다. 과거로 돌아가기에는 그들은 너무 멀리 와 있었다.

스포츠. 뉴시티 의원들은 해법이 스포츠라고 만장일치로 결론지었다. 고통과 가난, 전쟁과 각종 재난과 위기의 순간, 스포츠는 사람들에게 구원과 도피처가 되어 왔다. 술과 마약보다 건전하고 부작용도 거의 없는, 인류 역사상 가장 오래되고 확실한 치료제였다. 이 강력한 치료제가 이주민들의 이상 증상들, 즉 우울증과 무기력, 두통과 불면증, 식욕 부진과 만성 변비 등등을 해결해 주리라 기대했다. 그 결과 뉴시티에 대규모 야구장 건설이 시작됐다. 축구와 야구의 대립이 치열했지만 최종적으로 야구로 결정됐다. 화성 토양의 특성상 잔디 관리가 힘들다는 환경부처의 의견이 반영되기도 했지만 뉴시티의 시장이 야구광이기 때문이었다.

예측이 맞았다. 첫 야구 경기가 치러지던 날은 뉴시티 역사상 가장 높은 데시벨이 측정된 날로 기록되었다. 경기장이 떠나가라 시민들은 함성을 질렀다. 졸속 구성된 팀의 실력이나 선수들의 잇단 실수 같은 건 아무 상관없었다. 함께 소리치고, 흥분하고, 울고, 웃고, 노래하고, 욕하고, 대체 맥주를 벌컥벌컥 들이켜며 이주민들은 자신의 심장이 강렬하게 뛰는 걸 느꼈다. 진짜 살아 있는 기분이었다. 대성공이었다. 시작 당시에는 두 개의 팀을 꾸리기도 어려웠지만 첫 경기가 치러지고 나자 야구팀이 삽시간에 셀 수 없이 늘었다. 학교에 야구단이 만들어졌고 야구 동호회도 줄줄이 생겼다.

골목마다 깡, 깡 소리가 밤낮으로 울렸다. 새가 날지 않는 하늘로 야구공이 포물선을 그리며 날아올랐다. 경기가 열리는 날이면 뉴시티 주민들은 경기장으로 몰려들었다. 이주민들의 생활은 두 가지로 요약되었다. 야구를 하거나, 야구를 보거나.

그것은 무엇으로도 대체할 수 없는, 진짜 가슴 뛰는 일이었다. 화성의 역사는 야구 이전의 시기와 이후의 시기로 나누어도 무방했다.

'착륙 준비 중'이라는 방송이 들려왔다. 주운은 야구공의 솔기 부분을 손가락으로 문질렀다. 긴장할 때마다 하는 버릇이었다. 심장이 빠르게 뛰고 머릿속이 아득해졌다.

"화성에 오신 걸 환영합니다."

함장의 목소리가 기내에 울려 퍼졌다. 드디어 도착했다.

지면과 연결된 계단을 내딛는 주운의 다리가 가볍게 휘청였다. 건조한 공기 속으로 주운은 얼굴을 내밀었다. 우레와 같은 함성이 울렸다. 주운은 활짝 웃으며 환호하는 인파를 향해 손을 흔들었다. '환영! 지구 친선 야구팀!'이라고 적힌 커다란 플래카드 아래 야구복을 입은 어린아이들이 꽃다발을 들고 서 있었다. 주운은 가슴이 벅찼다.

지구와 화성의 친선 경기는 올해로 13회째였다. 화성 야구 출범 50주년 기념으로 지구 야구팀을 화성에 초대한 것이 친선 경기의 시작이었다. 화성에서 중계해서 지구 전역에 방송되었던 첫 친선 경기 결과는 지구 원정팀의 대패였다. 하지만 지구인들은 처음 보는 화성 야구에 열광했다.

화성의 야구는(그것을 야구라고 부를 수 있다면) 지구의 야구와 전혀 달랐다. 선수들은 트램펄린이라도 뛰듯 방방 뛰어다녔고 홈런이 펑펑 터졌다. 글러브를 낀 수비수들은 새처럼 날아올랐지만 공은 가볍게 선수 머리 위를 지나 보라색 지평선 너머로 사라졌다. 홈런을 날린 타자는 발에 용수철이라도 단 것처럼 경중경중 뛰어 마운드를 돌았다. 화성의 중력은 지구의 3분의 1밖에 되지 않기 때문에 지구보다 1.6배쯤 높이 뛸 수 있었다. 중계를 보던 지구인들은 배꼽을 쥐었다. 그렇게 눈물 나게 웃기는 야구 경기는 난생처음이었다. 지구는 이 코미디를, 아니, 친선 경기를 지속할 것을 제안했다. 화성인들은 기꺼이 제안을 받아들였다. 친선 야구 경기가 화성 이주민 유치 홍보에 효과적이리라 전망했기 때문이다. 무엇보다 화성 주민들이 열렬히 찬성했다.

주운이 지구와 화성 친선 야구 경기를 처음 본 건 여덟 살 때였다. 주운은 그즈음 '시간을 죽인다'는 말을 배웠다. 주운은 동생 주경과 함께 주로 텔레비전 앞에서 시간을 죽였다. 엄마가 퇴근할 때까지 죽여야 할 시간은 아주 많았다. 많은 지구인이 그랬듯이 주운도 친선 경기를 본 날 화성의 야구에 단숨에 빠져 버렸다. 땅을 박차고 날아오르는 선수들과 높이 떠서 야구장 담을 넘어 보랏빛 하늘 속으로 영영 사라져 버리던 공들이 주운의 머리에서 떠나지 않았다. 밤마다 꿈속에서도 화성의 야구가 펼쳐졌다.

주운은 스포츠 센터 어린이 야구단에 입단하고 싶다고 엄마를 졸랐다. 엄마는 허락하는 대신 동생 주경을 데리고 다니라는 조건을 내걸었다. 그건 하나 마나 한 소리였다. 주경은 주운의 그림자나 마찬가지였다. 주운이 변기에 앉아 있을 때 주경은 화장실 문 앞에서 노래를 부르며 기다렸다. 주운이 허락했다면 주경은 화장실 안까지 따라 들어왔을 것이다. 엄마보다 주운이 동생 아침밥을 더 많이 챙겨 주었다. 저녁밥을 차려 준 것도 주운이었다. 오케이. 주운과 엄마는 합의했다. 덕분에 엄마는 일요일에 늦잠을 잘 수 있고 주경은 무료한 얼굴로 연습이 끝나길 기다리는 부모들 사이에 앉아 빵을 먹으며 언니가 뛰는 것을 구경했다.

야구는 주운이 생각했던 것과 많이 달랐다. 훨훨 날아다니지도 않고 홈런이 펑펑 터지지도 않았다. 주운이 주로 한 건 운동장 돌기와 벤치에 앉아 있기였다. 주운이 속한 일요일 오전반의 서른 명 넘는 회원 중 여자아이는 주운을 포함해 두 명이었다. 남자애들이 경기하는 동안 주운은 여자애와 불펜에서 캐치볼을 했다. 그 여자애는 얼마 안 가 나오지 않았다. 주운은 독감에 걸렸을 때 한 번 빼고는 지각도 하지 않고 6년 동안 꿋꿋이 출석했다. 중학교 때는 이웃 도시의 여자 야구 동호회에 가입했다. 10대부터 60대까지 다양한 나이로 구성된 동호회에서 주운은 가장 나이 어린 회원이었고 귀염받았고 실력도 인정받았다. 고등학교는 버스로 한 시간이나 걸리는 곳에 지원했다. 여자 야구팀이 있는 학교였다. 2학년이 되자 주운은 마침내 선발 투수로 뽑혔다.

주운에게 야구는 화성의 야구였다. 자신이 하는 건 진짜 야구를 흉내 내는 것 같았다. 주운은 꼭 한 번만이라도 화성에서 뛰고 싶었다. 주운의 오랜 꿈이었다. 하지만 그건 이루어질 수 없는 꿈, 그야말로 꿈같은 얘기였다. 열두 번의 친선 경기 중 고교 야구팀이 초청된 적은 두 번 있었다. 두 번 모두 남자팀이었다. 모든 경기는 남자팀만 치렀다. 하지만 이번 13회 경기에는 여학생 야구팀이 초청되었고 지난해 주니어 세계대회 우승팀이었던 주운의 학교 야구부가 대표 팀으로 선정되었다. 주운은 믿을 수 없었다. 기적이 있다면 이런 거라고 생각했다. 3개월간의 특수 훈련을 마치고 열아홉 명의 대표 팀은 화성으로 출발했다. 지구를 떠난 첫 여자 야구팀이었다.

주운은 쓰러지듯 침대에 누웠다. 하루가 어떻게 갔는지 정신이 하나도 없었다. 화성에 도착하자마자 사진을 찍고 인터뷰를 하고 인사를 하고 다시 사진 찍기를 종일 반복했다. 아직도 얼떨떨했다. 친선 팀으로 선정된 순간부터 지금까지 모든 게 실감이 안 났다.

함께 방을 쓰게 된 미란이 냉장고 문을 열고 야, 이거 공짤까? 하고 콜라 캔을 들어 보였다. 콜라 캔은 지구의 것과 똑같았다. 호텔 역시 별다를 게 없었다. 하얀 시트와 이불이 깔린 침대, 흰 벽과 대리석 바닥, 가구와 가전제품 모두 반짝반짝 빛났고 세제 냄새가 강하게 풍겼다.

"야, 봐라. 운하 보인다."

미란이 창 앞에서 말했다. 주운은 몸을 일으켜 미란 옆에 섰다. 미란의 말대로 창밖에 운하가 내려다보였다. 탁한 물이 고인 듯 흐르고 있었다. 운하 건너 나직한 건물들 사이로 멀리 경기장의 둥근 지붕이 보였다. 경기는 열흘 뒤였다.

주운의 팀은 매일 점심 식사 후에 야구 경기장으로 갔다. 화성팀은 오전에 연습했다. 경기는 오후로 예정돼 있었다. 원정팀에 대한 배려인 셈이었다. 붉은 흙과 초록색 인조 잔디의 대비가 유독 선명한 경기장에 서자 주운은 묘한 기분이 들었다. 2만여 좌석이 꽉 차고 그 앞에서 경기하는 자신의 모습을 떠올려 보았다. 꿈만 같았다.

건너편 벤치에 연습을 끝내고 정리하고 있는 화성 야구팀이 보였다.

"엄마 말이 순 거짓말인 줄 알았는데."

초콜릿을 크게 베어 물고 미란이 말했다.

"콩 먹어야 키 큰다더니. 맞네."

화성 야구팀 얘기였다. 모두 장신이었다. 제일 작은 아이도 주운보다 머리 하나는 더 컸고 다들 몸이 가늘었다. 진화라는 단어를 주운은 떠올렸다. 그들은 화성 이주 5세대였다. 훈련 기간 동안 공을 높이 던지라고 했던 코치의 말을 주운은 비로소 실감했다. 스트라이크 존이 높다. 구력이 제대로 나올지 주운은 걱정됐다.

미란은 아쉽다는 듯이 손가락에 묻은 초콜릿을 쪽쪽 빨았다. 미란은 가방 가득 과자를 채워 왔다. 주운의 팀은 세끼 모두 호텔 식당에서 먹었는데 식사는 늘 뷔페로 차려졌다. 미란은 두세 접시씩 비우면서도 늘 헛헛하다고 했다. 이게 뭔 맛이니? 처음 화성의 음식을 입에 넣은 미란이 주운의 귀에 속삭였다. 다양한 방법으로 조리한 고기와 생선 요리, 볶거나 데친 채소, 쌀밥과 여러 종류의 국수와 빵, 후식으로 대여섯 가지 과일과 케이크가 준비됐다. 먹을 만한데,라는 주운의 말에 미란이 혀를 끌끌 찼다. 그렇게 화성 노래를 부르더니 아주 화성 체질이시네요. 여기 정착하시든가요. 미란의 말에 주운은 씩 웃었다.

화성팀이 경기장을 빠져나가고 주운의 팀이 몸을 풀기 시작했다. 출입이 허락된 기자 대여섯 명이 주운의 팀을 카메라로 담고 돌아가자 본격적으로 연습이 시작됐다. 주운은 평소보다 힘을 빼서 투구했다. 다른 아이들도 마찬가지였다. 덜 맞히고 덜 달렸다. 전력이 노출되는 걸 피하자는 감독의 지시였다. 주운은 맥이 빠졌다. 트램펄린을 뛰듯 날아오르고 싶었다. 펑, 펑 소리 나게 공을 던지고 싶었다. 아무도 손 못 댈 스트라이크를 꽂고 싶었다. 경기를 생각하면 심장이 뛰며 입이 바짝 말랐다. 친선 경기라고 해도 경기는 경기였다. 주운은 이기고 싶었다.

팀의 일과는 단조로웠다. 기상 후 호텔 헬스장에서 개인 체력 훈련, 오후 구장 적응 훈련, 저녁에 잠시 전략 회의 후 다시

134

개인 체력 훈련. 긴장한 가운데 조용하게 시간이 흘렀다. 그날도 마찬가지였다. 화성에 도착한 사흘째, 구장 연습을 마친 뒤 버스를 타고 호텔로 향하고 있었다. 문득 주운은 이상한 느낌이 들었다.

버스가 낯선 길을 달리고 있었다. 게다가 평소와 달리 굉장히 빠른 속도였다. 이상함을 눈치챈 건 주운만이 아니었다. 버스 안이 술렁이기 시작했다.

"우리 어디 놀러 가요?"

누군가 큰 소리로 외쳤다. 와와, 하는 함성이 터졌다. 이상했다. 조용히 하라고 윽박질러야 할 코치의 목소리가 들리지 않았다.

그때 앞 좌석에 앉아 있던 양복 차림의 남자가 통로로 나와 섰다. 버스에는 늘 외교부 직원과 화성인 의사가 함께 탔다. 호텔에도 외교부 직원들과 보안 요원들이 교대로 근무하며 상주했다. 그런데 처음 보는 얼굴이었다. 착각일지도 모른다. 주운은 직원들 얼굴을 제대로 본 적 없었고 봤다고 해도 기억에 남아 있지 않았다. 줄 세운 양복에 짧고 깔끔한 헤어스타일, 직원들은 죄다 비슷해 보였다.

단정한 얼굴의 직원이 침착하게 말했다.

"여러분, 일정이 다소 바뀌었습니다. 걱정 마십시오. 여러분은 안전합니다."

왜 안전하다고 말하는 걸까. 주운은 야구공 솔기를 손가락으로 문질렀다. 옆자리에 앉은 미란이 젤리를 하나 입에 넣으며 중얼거렸다. 야, 나 왜 갑자기 엄마 몰래 놀러 가는 기분이냐. 먹고 있는 젤리 색만큼이나 미란의 얼굴도 혼란스러워 보였다.

차창 밖 풍경이 바뀌었다. 건물 대신 바위로 뒤덮인 붉은 땅이 펼쳐졌다. 붉은 먼지만이 자욱이 뒤따라오고 있었다. 버스는 한참 더 달렸다. 버스 안은 고요하다 못해 적막하기까지 했다. 가끔 요란한 코 고는 소리가 정적을 깼다. 이 상황에서도 잠들 수 있는 배짱이 주운은 어이없기도 하고 부럽기도 했다. 9회 말 투 아웃, 만루 상황에 마무리 투수로 등판한 것처럼 주운은 입이 바짝바짝 탔다.

예고도 없이 버스가 멈췄다. 직원의 지시에 따라 주운의 팀은 하나하나 내리기 시작했다. 맨 마지막으로 주운이 내리면서 보니 감독과 코치가 앞 좌석에서 누가 떠메 가도 모를 정도로 깊이 잠들어 있었다. 계단을 딛는 주운의 다리가 휘청했다. 시선을 멀리 둔 탓이었다. 붉고 황량한 땅이었다. 그 위로 붉은 하늘이 펼쳐져 있었다.

열아홉 명의 선수들은 상자 속 병아리처럼 한데 모여 바르르 떨었다. 그 앞으로 검은색 옷에 모자를 쓴 서른 명가량의 사람들이 전선 위의 새처럼 일렬로 서 있었다. 그들 역시 주운의 팀처럼 굳은 얼굴이었다. 그들은 우리는 위험한 사람이 아니라는 듯, 어색한 미소를 지어 보였다. 지구에서 받았던 수많은 훈련과 교육 중 이런 상황에 해당하는 지침이 없었기에 주운은 어떻게 해야 할지 알 수 없었다. 검은 옷의 사람들 뒤로 저만치 창고 같은 건물이 보였다. 창고 안으로 들어가야 한다는 것을 주운은 알았다. 그 외에는 아무것도 알 수 없었다.

"이 상황에 대해 유감으로 생각합니다. 여건이 열악하지만 여러분의 불편을 덜어 드리기 위해 저희는 최선을 다하겠습니다."

양복을 입은 남자의 목소리가 천장이 높은 창고 안에 울렸다. 외교부 직원이 아니라는 걸 밝힌 남자가 말을 마치고 마치 사죄라도 하듯 깊숙이 고개 숙였다. 검은 옷들도 일제히 고개를 숙였다.

남자의 말에 의하면 주운의 팀은 납치되었다. 납치라는 단어에 열아홉 명의 인질들 사이에서 울음소리가 터져 나왔다. 주운은 입술을 지그시 깨물었다. 그러지 않으면 울 것 같았기 때문이다. 당연하게도, 주운은 무서웠다.

남자는 유감스러운 상황까지 온 이유를 차근차근 설명해 줬다. 남자가 말하길 그들은 뉴시티의 평범한 시민들이었다. 평범한 시민들이 납치범이 된 건 1년 전 사건 때문이었다. 1년 전 뉴시티 외곽, 광산에 딸린 빈 창고 안에서 사체가 발견되었다. 시신의 상태는 처참했다. 장기까지 파열될 정도의

심한 폭력과 성폭행 흔적이 있었고 직접적인 사인은 교살이었다. 피해자는 열일곱 살의 여학생이었다. 그렇게 잔혹한 사건은 뉴시티에서 드문 일이었기에 초유의 관심이 쏠렸다. 수사가 시작된 지 일주일 만에 범인이 밝혀졌다. 하지만 경찰은 범인 검거에 실패했다. 범인은 지구에서 파견되어 광산 조합에서 근무하던 남자로, 그는 범행 직후 사표를 낸 뒤 지구로 돌아갔던 것이다. 범죄자 검거와 강력한 처벌을 요구하는 시민들의 탄원이 빗발쳤다. 하지만 지구에서 범죄자를 돌려보내지 않았다. 범죄자 귀환법 때문이었다. 사안에 따라 지구인은 물론 화성인까지, 범죄자를 지구로 인도할 수 있다는 법이었다. 용의자는 지구에서 재판을 받았고 무혐의로 풀려났다.

이 사실이 화성에 알려지자 귀환법 폐지를 요구하는 시위가 일어났다. 경찰은 시위대를 저지했고 대치 중에 시위에 참가한 시민들 상당수가 크고 작은 부상을 입었다. 시위는 진압되는 대신 더 격렬해졌다. 인권단체와 학생들, 학생들의 부모들로 시작됐던 시위는 어린아이와 거동이 불편한 노인을 제외한 뉴시티 시민 대부분이 참여하며 대규모 시위로 번졌다. 경찰의 무력 진압도 강도를 더했고 이 와중에 시위에 참가했던 정치인 한 명과 인권단체 직원 세 명, 그리고 시민 다섯 명이 체포되어 지구로 보내졌다. 역시 귀환법 때문이었다. 지구로 송환된 시민 중에는 열일곱 살 난 학생도 포함되어 있었다. 귀환법 폐지에 더해 화성인 석방과 지구로부터 사법권 독

립을 요구하며 시위는 더욱 거세졌다.

주운은 처음 듣는 이야기였다. 주운뿐 아니라 주운의 팀 모두 금시초문이었다. 매일 뉴스의 맨 마지막 5분 정도를 할애해 방송하는 화성에 관한 소식은 광물과 농작물 생산량 급증과 새로 단장한 시청 건물과 쇼핑몰 등에 관한 내용이었고 가장 자주 전해지는 소식은 역시 야구에 관한 것이었다. 뉴스에서 보는 뉴시티 시민들은 늘 야구장에서 환호하는 모습뿐이었다.

주운은 믿을 수 없었다. 가장 믿을 수 없는 건 자신이 인질로 잡혀 있다는 거였다. 도대체 왜?

뉴시티의 시위는 반 지구 시위로 발전했다. 시위대의 요구를 지구가 시종일관 철저히 무시했기 때문이다. 지구의 입장에서 화성은 단지 거대한 광산일 뿐이었다. 광산에 탈이 나면 굴을 덮어 버리면 끝이었다. 대화도 협상도 없었다. 뉴시티의 시장과 의원들도 시위대를 외면했다. 그들은 임기가 끝나는 대로 지구로 돌아갈 예정이었기 때문이다.

뉴시티 시민들은 서서히 지쳐 갔다. 광물을 캐고 옥수수를 기르고 공장 기계를 돌리고 수업을 듣고 아이를 돌보기 위해 시민들은 일터와 학교와 집으로 하나둘 돌아갔다. 그러나 여전히 피켓을 들고 시청 광장을 지키는 시민들이 있었다. 양복 차림의 남자와 검은 옷의 사람들이 그들 중 일부였다. 그들은 아직 일터로, 학교로, 집으로 돌아갈 수 없었다. 그들이 바라는 어떤 것도 이뤄지지 않았기 때문이었다. 그래서 그들은 지구의 방식을 따르기로 했다. 화성의 시민들을 잡아 가두었으니 지구인들을 인질로 잡기로 계획한 것이다. 계획에 없던 한 가지는 여학생 팀이 온다는 거였다. 하지만 다른 선택이 없었다. 협상을 위한 최후 방법이었다. 그게 주운의 팀이 인질이 된 이유였다.

주운의 팀은 창고 안에서 지냈다. 양복 차림의 남자 말대로 검은 옷의 사람들은 최선을 다해 인질들의 편의를 도왔다. 잠자리를 살폈으며 음식도 부족하지 않게 챙겼다. 밤에는 기온이 급격히 떨어졌으므로 창고 곳곳에 모닥불을 피우고 밤새 불을 지켰다. 그들은 종일 주운의 팀 곁에 있었다. 함께 자고 먹었다. 그러나 주운은 감시당하는 기분은 거의 들지 않았다. 원하면 언제나 창고 밖으로 나갈 수 있었다. 도망치려는 시도는 아무도 하지 않았다. 도망쳐 봐야 어차피 화성이었다. 달리 어디로 갈 수 있겠는가.

감독과 코치가 없어도 주운의 팀은 훈련을 거르지 않았다. 경기 날짜가 하루하루 다가오고 있었고 인질들은 그것 외에는 아무것도 생각하지 않았다. 그러지 않으면 견딜 수 없어서였다. 주운은 틈날 때마다 미란과 캐치볼을 했다. 미란이 놓친 볼을 검은 옷 하나가 잡아 주운에게 던져 준 적 있었다. 괜찮은 피칭이었다. 멀찍이서 공을 던져 준 이가 웃고 있었다. 주운도 그쪽을 향해 조금 웃어 보였다. 붉은 지평선 위로 선명한 대비를 이루며 보라색 하늘이 펼쳐져 있었다. 저 멀리 어딘가 지구가 있다. 이 모든 것이 주운은 믿기지 않았다.

검은 옷의 사람들은 아무도 자신의 이름을 가르쳐 주지 않았지만 그들이 서로를 부르는 소리를 듣고 이름을 알게 되었다. 케이, 첸, 셸리, 옥타비아, 필립, 로저, 레이, 안나, 리, 요코. 그들의 외모에서는 조상의 흔적이 희미해졌지만 이름과 성에는 끈질기게 남아 있었다.

가장 나이 어린 이는 양이라는 여자로, 스무 살이었다. 큰키에 어깨가 구부정하고 약간 수줍은 기색이 있었다. 어쩌면 미안해하는 것 같기도 했다. 미란은 양에게 자주 말을 걸었다. 화성의 생활과 야구, 음식 등등에 관해 물으면 양은 상냥하게 답해 주었다. 양이 대답해 주지 않는 것은 딱 한 가지였는데, 언제 인질들이 풀려날 것 같냐는 질문이었다. 양은 어두운 얼굴로 협상 중이라고만 말했다. 기약 없는 날이 하루하루 지나고 경기 예정일이 다가오고 있었다.

밤이 깊었지만 주운은 잠들지 못했다. 옆에서 미란도 계속 뒤척였다. 불침번인 양이 모닥불에 연료를 집어넣었다. 기세 좋게 불이 살아났다. 미란이 모닥불 앞에 앉는 걸 보고 주운도 일어나 곁에 앉았다. 양이 불 위에 옥수수를 굽기 시작했다. 이내 좋은 냄새가 풍겼다.

"오래 살고 볼 일이야. 내가 화성에서 옥수수를 구워 먹을 줄 누가 알았겠냐."

미란의 말에 주운은 속으로 말했다. 그러게, 인질로 잡힐 줄도 몰랐지.

"냄새 좋네요. 진짜 버터 같아요."

"난 진짜 버터는 몰라요. 그러니까 대체가 아니라 진짜죠, 내게는."

미란의 말에 양이 미소 지으며 대답했다. 미란의 표정이 머쓱해졌다.

"지구에 가 본 적 있어요?"

"아니. 난 여기서 태어났어요. 아마 여기서 죽겠죠. 난 화성인이니까요."

"그래도 혹시 오게 되면 우리 집에 놀러 와요. 우리 집에 빈방 있어요."

양이 소리 없이 웃으며 익은 옥수수를 미란에게 내밀었다.

"내 동생도 야구를 했어요. 어쩌면 여러분과 경기할 수도 있었을 텐데. 꽤 잘했거든요."

모닥불에 얼굴이 발그레하게 물든 양이 말했다. 목소리에 동생을 자랑스러워하는 기색이 숨길 수 없이 드러났다.

"지금은 야구 안 해요?"

미란이 묻자 양이 대답 대신 모닥불만 들여다보았다. 타는 냄새가 났다. 양이 황급히 옥수수를 꺼냈다. 양이 낮은 목소리로 말했다.

"동생은 시위 중에 체포돼서 지구로 송환됐어요. 죽은 아이

142

가 동생의 가장 친한 친구였거든요. 그 애도 야구 선수였죠.”

툭, 불 속에서 뭔가 튀는 소리가 나더니 불씨가 흩날렸다. 타닥타닥, 한동안 모닥불 타는 소리만 났다.

“우리가 미워요?”

한참 뒤에 미란이 물었다. 잠긴 듯한 목소리였다.

“당신은 우리가 밉나요?”

“아니요. 아니, 처음엔 좀 그랬는데 지금은, 아, 잘 모르겠어요. 미운 건 아니에요.”

“그래요, 우리가 서로를 미워할 필요는 없죠.”

양이 불 속에 연료를 던져 넣었다. 사그라지던 불이 되살아났다.

“동생이 빨리 돌아왔으면 좋겠어요.”

주운의 말에 양이 희미하게 미소를 지으며 대답했다.

“네, 그랬으면 좋겠어요.”

“저쪽, 아니, 우리 편, 아니, 그러니까 지구가 요구를 들어주지 않으면요?”

미란이 물었다. 잠시 뒤에 양이 대답했다.

“들어줄 거예요.”

그리고 덧붙여 말했다.

“당신들은 소중한 존재들이잖아요. 포기할 리 없어요.”

아무도 더는 말하지 않고 모닥불만 바라봤다. 밤이 짙어지고 공기가 더 차가워졌다. 셋은 모닥불을 향해 기도라도 하듯

두 손을 내밀어 불을 쬈다.

경기가 예정된 날 아침, 주운은 일찍 일어났다. 미란을 깨워 창고 밖으로 나갔다. 뺨에 닿는 공기가 싸늘했다. 둥근 지평선 위로 태양이 붉게 떠오르고 있었다. 몇 시간 뒤면 마운드에 선다. 지난밤 드디어 협상이 타결됐다.

귀환법 폐지와 지구로 송환된 화성인 아홉 명 전원 석방. 납치범들의 요구가 받아들여졌다. 사법부 독립은 차차 협의해 가자는 약속을 얻어 냈다. 조건은 예정대로 친선 경기를 치를 것, 경기 직후 인질 열아홉 명을 풀어 줄 것, 두 가지였다.

주운은 있는 힘껏 공을 던졌다. 미란이 화성이 떠나갈 듯 외쳤다. 나이스 피칭!

화성 시간 오후 두 시, 경기장은 함성으로 터질 듯했다. 하얀 유니폼의 화성팀과 초록색 유니폼의 지구팀이 경기장 중앙에 일렬로 마주 서서 인사를 나눴다.

첫 공이 던져졌다.

주심의 판정 소리는 관중들의 함성에 묻혔다.

깡! 배트 소리와 함께 공이 붉은 하늘로 쭉쭉 날아올랐다.

수비수들이 치솟아 올랐다. 공은 크고 아름다운 포물선을 그리며 그대로 경기장 담을 넘어 지평선 너머로 사라졌다. 폭죽처럼 고함이 터졌다. 화성인들은 지구팀의 득점에도 일어나 신나게 함성을 지르고 박수를 보냈다. 모든 선수를 응원하고 모든 득점에 기뻐했으며 실수에는 격려를 보냈다. 승부는 뒷전이었다. 경기장은 거대한 축제장이었다.

팽팽한 접전이 이어졌다. 31대 35점. 지구팀이 4점 뒤져 있었다. 7회 초, 주운이 등판했다.

천둥 같은 함성 속에 주운은 포수의 사인에 주목했다. 믿고 맘껏 던져. 미란의 사인을 읽고 주운은 고개를 끄덕여 보였다. 와인드업. 주운의 손을 떠난 공이 화성의 공기를 가르고 포수의 글러브 속으로 빨려 들어갔다.

스트라이크! 터지는 함성.

그 순간 마운드 위의 투수가 푹 쓰러졌다. 경기장이 일순 고요해졌다. 어리둥절한 표정의 관중들이 화면에 비쳤다. 천둥소리가 울렸다. 일루수가 그 자리에 고꾸라졌다. 관중들은 귀를 때린 소리의 정체를 알고 경악했다. 총성이었다. 총성이 잇달아 울리고 경기장에 붉은 흙먼지가 자욱하게 일었다. 총성에 놀라 달리던 유격수가 크게 구르더니 다시는 일어나지 못했다. 총소리가 끊임없이 울렸다. 관중석은 아비규환이었다. 삼루수가 쓰러졌다. 쓰러진 선수들의 유니폼에 생긴 검붉은 얼룩이 점점 커졌다. 갑자기 중계방송이 중단되었다. 그리고 암전.

잠시 뒤 지구에 속보가 나갔다. 뉴스 진행자는 흥분한 어조로 총격 사건을 보도했다. 범인은 화성 뉴시티의 폭력 단체로 추정되며, 배후에 특정 정당이 개입한 것으로 추측된다고 했다. 피해 상황은 정확히 파악되지 않았으나 선수 다수가 다쳤으며 몇 명은 심각한 상태라고 했다. 종일 뉴스 속보가 계속되었다. 추측은 대부분 사실이라고 발표됐다. 하지만 어떤 뉴스에서도 사건의 이유에 대해서는 명확하게 밝히지 않았다. 귀환법에 대해서는 한마디도 언급되지 않았다. 귀환법에 관해 아는 지구인은 극소수였고 그들 모두는 아는 것에 대해 함구했다. 정부는 대표 팀이 무사히 돌아오도록 최선을 다하겠다고 했다.

얼마 뒤 대표 팀의 귀환 협상이 결렬됐다는 정부의 발표가 났다. 화성과 더 이상 어떤 대화도 없을 것이고 이는 화성 측의 일방적인 대화 거부 때문임을 밝히며 정부는 유감의 뜻을 표했다. 그리고 화성과 교류가 단절됐다. 지구인들은 몹시 충격을 받았다. 전혀 예상치 못한 결과였기 때문이었다. 대표 팀 누구도 돌아오지 못했다. 그 뒤 지구에서는 화성에 대한 언급이 금지되었다. 시간이 지나자 아무도 화성을 기억하지 못하게 됐다. 기억하고 있는 사람이라도 잊은 척했다. 그렇게 화성은 지구인들에게 잊혔고 우주에서 사라졌다. 화성으로 갔던 여자 야구팀 역시 잊혔다.


진, 결국 내 언니는 돌아오지 못했어. 그 일은 지구와 화성 간에 있었던 가장 비극적인 사건으로 기록되었지. 이내 그 기록마저 폐기되었지만. 그 사건에 대해 제대로 아는 사람은 거

146

의 없었어. 왜 그런 일이 벌어졌는지 아무도 정확히 알지 못했어. 야구장에서 총을 겨눈 이들이 화성인이 아니라 지구 측이라는 소문이 돌기도 했지만 이내 소문은 꼬리를 감췄지. 사실 나는 알고 싶지도 않았어. 내가 알고 싶은 건 언니에 관한 것뿐이었어. 우리는 언니의 생사조차 몰랐어. 하지만 모든 게 그저 묻혔고 빠르게 잊혔지.

그 사건 이후 얼마간에 대해 나는 아무 기억이 없어. 엄마가 영양실조로 쓰러져 입원했을 때야 비로소 정신이 들었지. 그때 나 역시 먹지도 자지도 않아 15킬로그램쯤 빠져 있었고 머리숱이 반으로 줄었고 손톱이 모두 부러져 있었어. 한동안 나는 목소리도 잃었지. 아니, 목소리를 잃은 건 아니지만 어느 것도 말이 되어 나오지 못했어. 하지만 그런 건 아무것도 아니었어. 언니는 내 가장 친한 친구이자, 엄마이자, 우상이고 내 세상이었어. 나는 내 전부를 잃은 거야.

얼마 뒤 어디선가 화성에 갈 방법이 있다는 얘기를 들었어. 교류 단절로 바로 화성으로 갈 수는 없지만 다른 행성을 거쳐 밀입국할 수 있다고 했어. 하지만 우린 시도조차 할 수 없었지. 알고 보니 우리 가족, 그러니까 엄마와 나는 다른 행성으로 이동이 금지되어 있었어. 다른 선수들의 가족들도 마찬가지였어. 엄마와 나는 조금씩 지쳤고 서서히 포기하고 결국 단념했지. 언니를 단념한 건 절대 아니었어. 엄마와 난 언니가 살아 있다고 믿었어. 바람이 아니었어. 언니는 분명 살아 있어.

나는 알 수 있었어. 어떤 건 그냥 이유 없이 알게 되기도 해.

　진, 너는 내가 매일 플래닛존이라는 웹사이트에 접속하는 걸 알고 있겠지. 너도 그 웹사이트를 훑어본 적 있을 거야. 늙은이가 뭘 저렇게 열심히 들여다보나 궁금해서 말이야. 시시껄렁한 농담이나 오가는 웹사이트라고 너는 생각했겠지. 그래, 지금은 그렇고 그런 시시한 웹사이트로 전락하고 말았지만 예전에는 달랐어. 초기의 플래닛존은 행성과 위성들에서 불특정한 수신인을 향해 쏘아 올린 메시지를 누군가 받아서 전달하고 그것을 다시 전달하고 전달한 것이 모인 웹사이트였어. 그 사이트를 발견한 뒤 나는 수시로 들여다보곤 했지. 거기에는 정말 다양한 이야기들이 있었어. 구조 요청부터 구인 광고와 이주와 재무 상담, 중고 물품 거래, 우주 정류장의 주유소 연료 가격 비교와 개인적인 고민과 하소연까지 온갖 내용들이 올라왔지. 기록된 지 수십 년 된 메시지도 있었어. 우주를 돌고 돌아 웹사이트에 닿기까지 수십 년이 걸린 거지.

　나와는 전혀 상관없는 저 먼 우주 어딘가의 일들이었지만 그 메시지들을 들여다보고 있으면 왠지 마음이 편안해지곤 했어. 누군가 띄운 메시지가 사라지지 않고 우주를 떠돌다 기록된다는 게 좀 경이로웠어. 어쩌면 그 속에서 내가 찾는 걸 발견할 수도 있으리라는 희미한 신호 같았거든. 결국 나는 발견했어. 그래, 언니가 내게 보낸 메일이었어. 언니가 떠난 지 20년 뒤였지.

보고 싶은 주경에게,라고 메일은 시작됐어. 언니는 그날의 사고에 대해서는 전혀 말하지 않았어. 다만 어느 하루에 대해서만 얘기했지. 경기가 열리기 전날, 언니가 인질로 잡혀 있던 창고에서 있었던 일이었지.

…… 주경아, 창고로 화성 대표 팀이 찾아왔어. 열아홉 명 선수 모두. 기자 회견장에서 인사를 나누고 연습할 때 경기장에서 마주치긴 했지만 그런 식으로 만나는 건 처음이었어. 하긴 누군들 그런 식으로 만나리라고 상상이나 했겠니. 아이들은 선물을 가져왔더라. 집에서 구운 과자와 커다란 오렌지와 사과, 각자의 사인을 한 야구공과 배트, 화성에서 생산한 광물로 만든 화성 경기장 모형 같은 기념품들. 몹시 의외였고 모든 게 이상했지만 그 애들이 찾아와 준 건 기뻤어. 화성팀 아이들은 우리에게 미안해했어. 하지만 그 애들이 사과할 필요는 없었지. 우리도 마찬가지였어. 진짜 사과해야 할 사람들은 아무도 거기 없었어. 어색했지만 우리는 조금씩 말을 나누고 간혹 서로를 향해 웃었지. 그리고 창고 앞에서 우리만의 경기를 했어. 내가 던진 공이 화성인 아이가 휘두른 배트에 맞고 쭉쭉 뻗어 나갔지. 나는 뛰어올라 공을 잡으려고 했지만 잡을 수 없다는 건 알고 있었어. 하지만 나는 날아오르고 있었고 저 하늘 멀리 공도 날아가고 있었지. 어쩌면 지구를 향해서. 우리는 점수 따위엔 신경 쓰지 않고 던지고 맞히고 달리며 웃었어. 웃고 또 웃었어. 우리는 화성인들의 소원이 이루어지길 진심으로 바랐어. 그리고 화성의 아이들은 우리가 무사히 돌아가길 빌었지. 모두의 바람이 이루어지길 빌었어. 우린 어차피 하나였거든. …….

메일이 정확히 언제 쓰였는지는 알 수 없었어. 추측해 보자면 언니는 창고에 머물 때 누군가의 도움으로 메시지를 작성해서 전송했던 게 아닐까 싶어. 아니, 어쩌면 사고 후에 썼을 수도 있지. 어느 것도 분명한 건 없어. 다만 내가 알 수 있는 건, 언니는 특별했던 하루에 대해 내게 말해 주려 했다는 거야. 언니는 좋은 게 있으면 늘 나와 나누고 싶어 했으니까.

언제 쓰였는지는 별로 중요하지 않았어. 언니의 메시지는 아주 중요한 말로 끝나고 있었으니까. 거기엔 이렇게 쓰여 있었어.

'나는 늘 네게 가고 있어, 주경아. 언젠가 나는 네게 도착할 거야.'

그래, 진, 나는 기다리고 있어. 나의 언니를. 언니도 상당히 나이를 먹었겠지만, 화성의 시간은 또 어떻게 흐르는지 모르니 말이다. 그리고 거기라고 장기 교체 시술이 없을까. 언니는 여전히 공을 던지고 공을 잡기 위해 날아오르고 있을 것 같아. 저 우주 어딘가에서.

내가 닭고기를 잘게 찢기 시작했을 때 아이가 다가와 말을 걸었다.

"이름이 뭐예요?"

아이의 눈은 탁자 아래를 향하고 있었다.

"로라."

"예뻐요."

아이가 내 앞에 쪼그려 앉아 물었다.

"만져 봐도 돼요?"

나이는 열 살쯤. 어쩌면 그보다 많거나 적을 수도 있다. 나는 나이를 알아맞히는 데 재주가 없다. 벽을 가득 채우고 천장까지 쌓인 것들을 경외의 눈으로 한참 올려다본 뒤 아이는 내게 말 걸 기회를 엿보고 있었다. 나는 모르는 척했다. 궁금

하거나 원하는 게 있다면 아이가 다가올 것이다. 최소한 하나
는 확실했다. 아이는 무례하지 않았다. 나는 아이가 마음에 들
었다. 그렇다고 내 마음대로 허락해 줄 수는 없다.

"네가 줘 볼래?"

아이는 기쁜 얼굴로 닭고기 조각을 받아 들었다. 내가 시키
는 대로 아이가 손가락을 내밀자 로라가 코를 부딪쳐 인사를
했다. 아이의 얼굴에 웃음이 퍼졌다. 로라가 닭고기를 받아먹
고 아이의 다리에 살짝 머리를 비비자 아이는 흥분으로 터질
것 같은 얼굴이 되었다. 로라는 가슴 부분에만 하얀 털이 한
줌 난 검은 고양이다. 열세 살쯤, 어쩌면 그보다 더 많을 수도
있다. 요즘 들어 부쩍 희끗희끗한 털이 보였다. 사람 나이로
따지면 60살 정도. 하지만 이곳에서는 나이를 따지는 게 무의
미했다.

문이 벌컥 열리고 한 남자가 들어왔다. 로라가 후다닥 탁자
밑으로 숨었다. 남자는 아이를 보자 지우, 하고 소리 질렀다.
지우. 그게 아이 이름인 모양이었다. 갑자기 얼굴이 붉어진 아
이가 내게 속삭였다. 우리 아빠예요. 창밖으로 아이가 타고 온
우주선이 보였다.

남자가 그제야 나를 발견한 듯 뭐라고 중얼거렸다. 아마 인
사말이었을 것이다. 남자는 안을 한번 둘러보고 말했다.

"여긴 뭘 파는 데요?"

나는 파는 건 없다고 대답했다. 남자는 내 말에 별로 개의

치 않고 빨리 가자고 아이를 재촉했다. 아이는 잔뜩 아쉬운 얼굴로 제 아빠를 따라 나갔다.

창밖으로 아이가 우주선으로 돌아가는 게 보였다. 아, 스탬프 찍어 주는 걸 잊었다. 이 건물에 들르는 사람들 대부분은 스탬프가 목적이었다. 별건 아니지만 기념이 되기 때문이다. 넓은 우주 속 수많은 별 중 하나에 발자국을 찍었다는 증표. 나는 흠집 없이 또렷하게 스탬프를 찍기 위해 늘 신중을 기했다. 스탬프 찍기는 내 주요한 업무 중 하나였다.

아이가 우주선에 오르고 있었다. 주유를 마친 우주선은 곧 이륙할 것이다. 로라가 훌쩍 뛰어 내 무릎에 올라앉았다. 아이가 좀 더 머물렀다면 로라의 이름이 원래는 오로라이고 내 성을 따서 붙였다는 걸 말해 줬을까, 나는 잠시 생각했다.

내가 사는 곳은 T9이라는 별이다. T는 근처에서 가장 큰 행성인 튤리파를 가리키며, 9는 튤리파 부근에서 발견된 아홉 번째 별이라는 의미다. 보통은 T9주유소라고 불린다. 장거리 여행하는 우주선들이 주유하러 들르는 곳이기 때문이다. 대부분 주유하고 바로 떠날 뿐, 그 옆에 있는 건물을 눈여겨보는 이는 별로 없다. 좌우로 길쭉한 직사각형 건물은 도서관이고 나는 도서관의 사서다.

처음부터 도서관은 아니었다. 원래는 식당 겸 카페였다. 이름은 튤리파 다이너. 햄버거와 감자튀김, 핫도그와 팬케이크

같은 간단한 음식과 커피와 음료를 팔았고 이 모든 것들은 이웃 행성 튤리파에서 공수된 것이었다. 주유하는 동안 조종사들이 서둘러 햄버거를 먹거나 수면 상태에서 잠시 깨어난 승객들이 커피를 마시며 커다란 창밖으로 펼쳐진 코발트 빛 하늘을 바라보다 떠났다. 튤리파 다이너는 여행자들의 휴게소이자 별의 주민들이 사랑하는 장소였다. 맛으로 따지면 더 나은 식당이 있었지만 전망만큼은 이곳이 최고였다. 이만큼 너른 창을 가진 곳은 없었다.

창은 푸른색을 좋아하는 화가의 그림을 끼운 액자 같았다. 연푸른색에서 코발트색을 거쳐 검푸른색에 이르기까지 채도와 음영이 다른 푸른색이 다채롭게 펼쳐졌다. 여기에 종종 진녹색과 보라색, 자주색과 오렌지색이 끼어들기도 했다. 의미를 알 수 없는 모나리자의 미소처럼 잠자코 언제까지나 바라보고 싶어지는 풍경이었다. 나는 모나리자 그림을 직접 본 적은 없다. 하지만 창은 무척 좋아했다. 내 나이 열 살 때부터였다.

우리 가족은 내가 열 살 때 지구를 떠나왔다. 행성 이주가 시작된 지 5세기가 넘고 우리 은하 밖 행성으로의 이주가 시작됐을 무렵이었다. 화성을 비롯한 초기 개척지 정착 사업은 성공적이었고 지구는 개발 가능한 새로운 개척지를 찾아내 전략적으로 이주민들을 실어 나르고 있었다. 더 나은 삶, 혹은 다른 삶을 선택한 사람들이 이주 계약서에 사인을 하고 우주선에 올랐다. 그중 하나가 우리 가족이었다. 엄마에게서 이주 계획을 듣자마자 나는 친구들에게 자랑했다. 애들은 당연히 되게 부러워했다. 우리 반에 우주선을 타 본 애는 하나도 없었으니까. 당장 떠날 것처럼 아이들에게 작별 인사까지 했는데 좀처럼 떠나지 않았다. 나는 거짓말쟁이 취급을 당해 몹시 괴로웠고 떠날 날만 손꼽아 기다렸다. 우주선에 오르게 된 건 1년 뒤였다.

내 부모가 왜 이 별을 선택했는지는 잘 모르겠다. 그들도 잘 몰랐을 것 같다. 잘 알려지지 않은 개척 별이었고 살 수 있는지조차 확실하지 않은 곳이었다. 당국은 안전과 안정을 장담했지만 어차피 별에 살 사람은 그들이 아니었고 그들은 별에 대해 제대로 파악하지 못했다. 개척 사업은 위험을 감수해야 하는 일이었다. 또 다른 많은 것들도 감내해야 했다. 결핍과 불편, 고립과 외로움. 그 이유로 이주민들에게 다소 혜택이 주어졌다. 정착 지원금과 주거지와 직업, 그리고 세금 면제. 하지만 과연 그런 게 지구를 떠날 만큼 매력적인 조건이었을까? 나는 고향을 떠나는 사람들은 매우 현실적이거나 아니면 매우 낭만적인 사람일 거라고 생각한 적 있다. 내 부모 중 한 명은 전자였고 다른 한쪽은 후자였다.

내가 사는 집은 도서관에서 1킬로미터 정도 떨어져 있다. 방 두 개와 작은 부엌과 화장실이 딸린 조립식 주택이다. 나는 늘 일찍 일어났다. 로라는 밥을 달라고 새벽부터 나를 깨웠다. 로라의 그릇에 밥과 물을 채우고 나서 빵을 굽고 달걀을 삶아 아침을 먹는다. 식료품은 모두 튤리파에서 배달된다. 식료품뿐 아니라 옷과 비누와 세제와 로라의 사료와 모래까지, 모든 것을 한 달에 한 번 배송선이 실어 나른다. 설거지를 마치면 로라의 밥과 내 도시락을 넣은 가방을 메고 로라를 이동장에 넣어 안고 집을 나선다. 도서관까지 걸어가는 동안 마주치는 사람은 아무도 없다. 별에 거주하는 이는 나 혼자다.

도서관에 도착하자마자 로라는 유리창 앞 소파에 자리를 잡는다. 로라의 지정석이었다. 로라는 종일 창가에서 자다가 일어나면 창 너머를 가만히 바라보았다. 창밖이 차츰 환해지기 시작했다. 암청록색 하늘이 서서히 옅어지며 둥그스름한 지평선이 돌연 하얗게 빛나고 땅이 온통 오렌지색으로 물들었다. 그 모습을 응시하는 로라의 눈동자에 선명한 에메랄드색 하늘이 통째로 담겼다. 나는 로라의 동그란 뒤통수 너머로 우주를 바라보았다. 내 우주의 한가운데에는 언제나 로라가 있었다.

청소기를 돌리기 시작했다. 변함없는 하루가 시작되었다. 그런데 뭔가 이상했다. 창밖을 내다보니 주유소에 우주선이 서 있었다. 전날 아이가 타고 온 우주선이었다.

어제 퇴근할 때 우주선이 그대로 있었지만 출발이 좀 지체된다고만 생각했다. 대부분 주유를 끝내면 바로 떠났지만 그렇지 않은 경우도 종종 있었다. 우주에는 수많은 변수가 있었고 주유소에서 몇 분 더 있는 건 변수 축에도 못 끼는 사소한 일이었다. 하지만 하루를 더 머무는 건 얘기가 달랐다. 문제가 생긴 거다. 하지만 내가 관여할 바는 아니었다. 도움이 필요하다면 저들이 요청할 것이다. 내가 무슨 도움이 될까 모르겠지만. 일단 가 보기는 해야 할 것이다. 주유소 관리 역시 내 주요 업무 중 하나였다. 우선 청소를 하고. 나는 최대한 천천히 청소했다.

청소가 끝날 때쯤 문이 열리고 여자가 하나 들어왔다. 그 뒤로 어제 왔던 아이가 따라 들어왔다. 안녕하세요. 아이가 내게 인사하고 고개를 깊숙이 숙였다. 예의 바른 아이였다.

"안녕하세요. 여기 굉장한 게 잔뜩 있다던데요."

여자의 말에 아이의 뺨이 살짝 붉어졌다. 여자와 아이는 눈매와 웃는 표정이 닮았다. 도서관을 둘러보던 여자의 눈이 창가에 멈췄다. 잠을 깬 로라가 아이와 여자를 가만히 주시하고 있었다.

"혹시 공격하는 건 아니지?"

여자가 아이에게 속삭이듯 물었다. 로라는 친해지는 데 시간이 걸렸다. 대개 사람들은 그 전에 떠나서 로라가 얼마나 다정한지 모른다. 소파에서 훌쩍 뛰어내린 로라는 춤을 추듯 사뿐사뿐 걸어 아이의 다리에 머리를 살짝 비볐다. 어제 아이가 닭고기를 준 걸 분명 기억하고 있었다. 로라는 무척 똑똑했다.

"대단하네요."

로라에게 한 말인 줄 알았지만 여자의 눈은 책장을 향해 있었다. 좀 실망했지만 나는 내색하지 않았다.

사실 대단할 정도는 아니다. 사방의 벽을 둘러싸고 천장까지 닿는 책장에 책이 가득 꽂혀 있긴 했지만 내가 아는 도서관에 댈 바는 아니었다. 내가 지구에서 엄마를 따라 다니던 집 근처 도서관은 4층 건물에, 맨 아래층에 있는 어린이 서가에 꽂힌 책만 해도 이곳에 있는 책보다 몇 배는 더 많았다. 그래도 여기가 근방에서 책이 가장 많은 곳이긴 했다.

도서관에 꽂혀 있는 책은 잡지를 포함해 5,227권이었다. 이곳이 도서관이 되기 전, 그러니까 튤리파 다이너일 때 요기하기 위해 들렀던 조종사들은 빈 접시 옆에 종종 책을 남겨 두고 가곤 했다. 다 읽어서 가지고 있어 봐야 짐만 되는 것들이었다. 주로 가볍게 읽을 만한 소설책이나 잡지들이었고 만화책도 있었다. 그렇게 남겨 두고 간 책들을 한쪽에 쌓아 뒀다. 조종사들은 자신의 책을 두고 쌓인 책 중에서 한 권 골라 가기도 했다. 책을 빌리려고 일부러 들르는 조종사들도 있었다. 어디에서 난 건지 책을 한 무더기 내려놓고 가는 사람들도 간혹 있었다. 그런 책들이 책장 하나를 메웠다.

다른 책장 하나를 채운 책들은 이곳 주민들이 떠나며 남긴 것이다. 대부분 그림책과 동화책, 그리고 몇 세기 전 작가들이 쓴 소설책 들이었다. 그림책과 동화책에는 군데군데 주인의 흔적이 남아 있었다. 삐뚤빼뚤한 글씨와 색연필로 그린 그림.

지구에서 가져올 수 있었던 소량의 이삿짐 속에 끼어 있던 책
은 아이에게 자장가였다가 가장 친한 친구가 되었을 것이다.
아이들은 자랐고 떠나는 이들에게 책은 짐만 될 뿐이었다. 두
개의 책장으로 문을 연 도서관에 한 권 두 권 책이 모였다. 책
의 상당수는 이웃 행성 튤리파에서 기증했다. 튤리파에서는
더 이상 종이로 된 책은 필요 없다고 했다. 수십만 권의 책을
저장한 컴퓨터가 도서관을 대신했고 사람들은 개인 리더기로
얼마든지 책을 빌려 볼 수 있다. 튤리파에는 사서 대신 검열
관이 있었다.

"흥미롭네요. 여긴 뭐랄까, 상징적인 곳 같아요. 인류가 지
적인 생명체라는 상징 같은 거 말이에요. 혹시 책 빌리러 온
외계인은 없었나요?"

"아직은요. 외계인은 회원증 발급 절차가 좀 까다로워서요."

내 대답에 여자가 씩 웃었다.

"실은 부탁이 있어요. 여기 주유소 관리자죠? 우리가 여기
조금 더 있어야 할 것 같아요. 착륙한 김에 우주선 점검을 한
번 해 보려고요. 오래 걸리지는 않을 거예요. 이르면 오늘 저
녁, 늦어도 내일까지는 떠날 거예요. 괜찮을까요?"

문제 될 건 없었다. 소형 우주선이 주유할 공간은 넉넉했다.
대형 여객선이 들를 계획은 당분간 없었다. 괜찮다는 내 말에
여자는 다행이라며 웃었다.

"그리고 또 하나 부탁이 있어요. 죄송하지만 떠날 때까지

제 딸이 여기서 책을 읽어도 될까요?"

"당연하죠. 여기는 누구나 와서 책 읽을 수 있는 곳인걸요."

내 대답에 여자와 아이가 동시에 활짝 웃었다.

"귀찮게 굴면 당장 쫓아내세요."

여자가 씩 웃으며 윙크한 뒤 우주선으로 돌아갔다.

아이는 책장에서 책을 꺼내 훑어보다가 한 권을 골라 창가 소파에 앉았다. 로라가 아이의 옆에 앉았다. 볕이 잘 드는 곳에서 아이는 책을 읽고 로라는 졸기 시작했다. 나는 아이가 읽는 책이 뭔지 슬쩍 넘겨다봤다. 새로운 도시로 이사하는 자매가 나오는 그래픽노블이었다. 책은 237페이지부터 세 장이 없는데 처음 기증받을 때부터 찢겨 있었다. 아이가 오늘 내로 거기까지 읽을지 궁금했다.

아이와 로라는 오랫동안 꼼짝하지 않고 앉아 있었다. 갑자기 훌쩍 소파에서 뛰어내린 로라는 내게 와서 식사 시간이라고 알렸다. 시계를 보자 정확히 11시 50분이었다. 점심시간은 12시였지만 로라는 늘 10분 전부터 밥을 달라고 보챘다. 나는 로라의 접시에 사료를 부어 줬다. 나도 점심을 먹어야 했다. 아이는 로라가 밥 먹는 걸 구경했다. 우주선으로 돌아갈 생각이 없어 보였다. 나는 점심을 함께 먹자고 말했고 아이는 거절하지 않았다.

"맛있어요. 지구에서 먹던 거랑 비슷하네요."

나는 점심으로 싸 온 샌드위치를 아이에게 양보했다. 샌드

위치 속에는 으깬 삶은 달걀과 오이와 햄을 넣었다. 튤리파에서 생산되는 식재료들은 모두 신선하고 맛있었다. 비록 달걀과 햄은 대체 식품이긴 했지만. 나는 커피를 내리고 냉동실에 보관해 둔 빵을 오븐에 살짝 구웠다. 가끔 야근할 때를 대비해 준비해 놓은 것이었다. 빵을 권하니 아이는 그것도 잘 먹었다.

"진짜 오랜만이에요, 이런 음식. 마지막으로 지구에서 먹은 음식은 피자와 치킨이었어요. 배가 터지도록 먹으려고 했지만 이상하게 많이 못 먹겠더라고요. 여기도 치킨이랑 피자 있어요?"

아이가 생각하는 것과 좀 다를지 모르지만 있긴 있었다. 주문하면 한 달 뒤 튤리파에서 냉동된 채 배달될 것이다. 아이는 지구를 떠난 지 8년하고 3개월이 지났다고 했다. 내가 지구에서 이곳까지 오는 데는 30년이 걸렸었다. 22년이나 속도를 앞당긴 것이다.

"그제부터 먹은 건 기내식 두 봉지뿐이에요. 그거 먹어 본 적 있어요? 누가 토해 놓은 것처럼 생겼는데 맛도 꼭 그래요. 기내식의 단 한 가지 장점은 하루에 한 개만 먹어도 된다는 거예요."

나는 기내식을 먹어 본 적 없다. 잠에서 깨어나 보니 이곳이었다. 이 별에 도착해서 처음 접한 음식은 튤리파에서 주문해 온 도시락이었다. 도시락에 뭐가 들어 있었는지 기억나지 않는다. 나는 한 입도 먹지 못했다.

"그제 깨어났다고? 비행 중에?"

"네. 그래서 우주선이 출발 못 하고 있는 거예요. 제가 깬 건 계획에 없던 일이었대요. 그러니까, 사고 같은 거죠. 지금 냉동 캡슐을 다 조사하고 있을 거예요."

나는 커피잔을 잡으려다 놓치고 말았다. 잔이 바닥에 떨어져 요란한 소리가 났지만 깨지지는 않았다. 로라가 놀란 눈으로 달려와 무슨 일이 있는지 살폈다. 나는 로라를 안심시켜 주고 걸레로 바닥을 닦았다.

"왜 그래요?"

아이가 물었다. 나는 손을 떨고 있었다. 아이가 내 손을 잡았다. 그렇게 한참 있었다. 손 떨리는 게 멈췄다.

"넌 괜찮니?"

"네? 아……, 아무 문제 없대요. 키가 1센티 컸대요. 엄마가 그랬어요. 우리 엄마는 박사예요. 생명공학 박사. 책도 많이 내고 티비에도 나왔어요."

자랑스러워하는 표정이었다. 로라가 내 무릎 위로 올라왔다. 로라는 불안해했다. 나는 로라의 등을 가만히 쓸어 줬다.

"무서웠겠다."

내 말에 지우가 고개를 가로저었다.

"무섭진 않았어요. 좀 놀라긴 했어요. 깨기 전엔 꿈을 꾸고 있었어요. 얼음으로 가득한 남극 대륙 같은 데를 나 혼자 걷고 있었어요. 몹시 춥고 하얗고, 막 하얀 건 아니고 그냥 보이는 게 아무것도 없었다고 해야 하나, 아무튼 춥고 아무도 없는 데를 혼자 걷고 있었어요. 도저히 견딜 수 없을 만큼 추웠어요. 다들 어디 있나 생각해 봤더니 모두 동면에 들어갔다는 게 기억났어요. 나도 빨리 자야겠다는 생각이 들었어요. 잘 만한 데가 어디 없나 찾다가 또 기억났죠. 난 이미 잠들었는데. 그때 정신이 들었어요. 깼는데 엄청 추운 거예요. 눈앞에 푸르스름한 빛만 보였어요. 엄청 오랫동안 덜덜 떨고 있었어요. 그런데 나중에 들어 보니 그게 1초도 안 됐대요. 내 캡슐이 이상 신호를 보내자마자 마침 착륙 준비를 위해 깨어 있던 어른들이 깜짝 놀라서 달려왔죠. 그리고 엄마를 깨웠고요. 아빠까지 깨울 필요는 없었는데……. 아빠는 화만 냈거든요. 그 빵 제가 먹어도 돼요?"

나는 내 접시를 지우 앞으로 밀어 줬다. 지우는 활짝 웃으며 빵을 입에 넣었다.

"여기 산 지 얼마나 됐어요?"

"좀 됐어."

"쭉 혼자 살았어요?"

"로라와 함께 살았지."

로라는 책장 사이로 들어온 햇살을 잡느라 분주했다.

"진짜 예뻐요. 눈이 정말 예뻐요. 나도 고양이를 키우고 싶었는데 아빠가 싫어해요. 집에서 기르는 건 애 둘이면 충분하다고요. 아, 제 동생이 있거든요. 뭘 키우고 싶으면 동생이나 돌보라고 그랬어요. 말이 돼요? 동생은 하나도 안 귀엽다고요. 로라는 몇 살이에요?"

"열세 살쯤. 정확하진 않아."

처음 로라를 봤을 때 로라는 어린 고양이었다. 태어난 지 1년은 넘었지만 2년은 안 됐을 거라고 윤 선생님이 말했다. 윤 선생님은 튤리파 다이너의 조리사였다. 그때 나는 튤리파 다이너에서 아르바이트를 하고 있었다. 윤 선생님은 지구에서 고양이를 기른 적 있어서 고양이에 대해 아는 게 많았다. 내가 로라를 발견한 건 주유소 쓰레기통 옆이었다. 우주선들은 주유소 쓰레기통에 온갖 것을 다 버리고 갔다. 그래도 살아 있는 걸 버린 적은 없었다. 로라의 상태가 거의 죽은 거나 다름없긴 했지만. 튤리파 다이너 주방 구석에서 닭고기 수프를 받아먹고 로라는 살아났다. 그날부터 지금까지 쭉 내 침대에서 같이 잤다.

"열세 살이요? 애긴 줄 알았는데 나보다 나이가 많다니! 헐. 전 열두 살이에요."

로라가 무슨 일이야, 하는 표정으로 지우를 향해 고개를 돌렸다.

"지구에 있는 내 친구들은 스무 살이 됐겠죠. 믿어져요? 언니는 몇 살이에요? 아, 죄송해요. 나이 물어보는 건 실례랬어요, 피아노 선생님이."

166

이곳에서는 나이 같은 건 의미가 없다. 하지만 나는 대답해 줬다.

"스물일곱 살. 내 친구들은 쉰일곱 살이 됐겠지. 나도 믿기 지 않아."

지우가 깜짝 놀란 얼굴로 나를 봤고 나는 슬쩍 웃었다.

지우가 살게 될 별은 헤카테라고 했는데 들어 본 적 없는 이름이었다. 지구와 기후와 토양이 매우 흡사해서 테라포밍이 따로 필요 없는 곳이라고 했다. 12년쯤 뒤에 지우는 그곳에 도착할 예정이었다.

나는 업무를 다시 시작하고 지우는 소파로 돌아가 책을 읽 었다. 세 시간쯤 뒤에 로라가 내게 와서 간식 시간이라고 했 고 나는 연어 맛 비스킷을 로라에게 주고 지우에게 하나 남은 바닐라 아이스크림을 줬다. 지우가 나눠 먹자고 해서 그렇게 했다. 아이스크림을 맛본 지우는 지금까지 먹어 봤던 아이스 크림 중 두 번째로 맛있다고 했다. 최고의 아이스크림은 아마 태어나서 처음 맛본 아이스크림이었을 거라고 말했다. 그 말 이 맞을 거라고 나는 생각했다. 내게 고양이는 로라가 처음이 고 최고였다.

창밖이 검푸른색으로 변하자 지우의 아빠가 지우를 데리러 왔다. 이제 떠나는 거냐고 지우가 묻자 애 아빠는 일단 돌아 가자고 했다. 남자는 내게 고개를 끄덕여 보였다. 안녕히 계세 요,라고 지우가 인사한 뒤 허리를 깊숙이 숙였다. 우주선으로 돌아가는 지우가 보였고 그 위로 별들이 빽빽하게 빛나고 있었다.

나는 이 별에서 17년 동안 살았다. 지구에서 살았던 것보다 긴 시간이다. 별은 내가 처음 도착했을 때와 별로 달라지지 않았다. 조용하고 황량하고 하늘은 아름답다. 비는 거의 내리지 않고 낮에는 내가 살던 곳의 한여름만큼 기온이 올라가고 밤에는 벚꽃이 막 피어나기 전 밤공기 같다. 이곳에 벚꽃은 피지 않는다. 온실 밖에서는 식물이 자라지 못한다. 이주 초기, 주민들이 일군 온실 속 감자와 토마토 고랑 한쪽에 수레국화와 개양귀비꽃이 피어났다. 먹지 못하는 것을 심으면 안 됐지만 주민들은 감자만큼이나 수레국화를 애지중지했다. 사람들에게는 빵도 필요했지만 장미꽃도 필요했다. 물론 주민들은 장미도 피워 냈다. 누군가 몰래 꽃 씨앗을 챙겨 온 것이다. 주민들이 다 떠난 뒤 별에서 더는 아무것도 자라지 않는다.

이곳도 제법 북적인 때가 있었다. 내가 탄 우주선이 천 명 정도의 사람들을 태우고 도착했을 때 별에는 이백여 가구가 살고 있었다. 대개 아이가 한둘 있는 가족들이었다. 그 뒤로 이주해 오거나 나가는 사람은 드물고 오백여 세대를 유지했다. 자급자족이 이뤄지지 않는 별의 한계였다. 주민들은 거의 광산에서 일했고 내 아빠는 광부였다. 아빠는 이전에 광산에서 일해 본 적 없었고 주민들 대부분이 그랬다. 이주 신청을 하고 석 달 동안 교육받은 게 전부였다.

아빠는 이곳 생활을 못 견뎌 했다. 일을 끝내고 돌아오면 씻지도 않고 현관 앞에 둔 의자에 앉아 있었다. 점점 어두워지는 하늘을 바라보는 아빠는 자신이 왜 이곳에 있는지 모르겠다는 듯 어리둥절한 표정이었다. 나는 혼자 밥을 먹고 식탁에 아빠 몫을 남겨 둔 채 이를 닦고 잠자리에 들었다. 침대에 누워 울지 않은 날은 드물었다.

엄마는 냉동 캡슐 안에서 죽었다. 사인은 심장마비였다. 의사는 임종 전 고통의 순간이 길지 않았을 거라고 했다. 위로였는지 모르지만 의사의 말에 나는 그 고통의 순간만을 생생하게 떠올렸다. 얼마나 춥고 두려웠을까. 그 순간 엄마 옆에는 아무도 없었다. 엄마의 장례식은 이 별에서 치러진 최초의 장례식이었다. 시신은 튤리파로 이송됐고 그곳에서 화장된 뒤 엄마는 재활용 용기에 담겨 돌아왔다. 몇 년 뒤 나는 튤리파에서 매달 전송하는 쇼핑 카탈로그에서 가장 아름다운 항아리를 골라 주문해 뼛가루를 옮겨 담았다. 항아리는 내 옷장 속에 있다.

어느 날 아빠는 돌아가고 싶다고 했다. 내가 이곳에 도착하자마자 줄곧 하고 싶었지만 단 한 번도 입 밖에 내어 본 적 없는 말이었다. 돌아가고 싶다고 말해 버리면 더는 못 견딜 것 같았기 때문이다. 아빠는 진짜 돌아갈 작정이구나, 나는 알았다. 그즈음 광물 생산량은 급격히 줄어들고 있었다. 몇 세기

동안 파낼 수 있는 광물이 묻혀 있다는 조사는 잘못된 것이었다. 주민들은 튤리파나 혹은 더 멀리 떨어진 새로운 개척지로 이주했다. 지구로 돌아간 사람은 없었다. 주민들이 사인한 이주 계약서에는 지구로 돌아가지 않겠다는 조항이 있었다. 계약 위약금은 어마어마했다. 이곳에서 번 돈 모두와 정착 지원금을 돌려주고 위약 벌금까지 물어야 했다. 그래도 아빠는 가야만 했다. 돌아가자고 생각하니 하루도 더 못 견뎠다. 결국 아빠는 가까스로 돈을 융통해 위약금을 치르고 지구로 돌아갔다. 이 별에 도착한 지 10년 만이었다.

가끔 궁금해질 때가 있다. 아빠는 돌아가야만 하는 이유가 되는 것들을 지구에서 발견했을까. 그리웠던 것들을 다시 만나고 찾았을까. 지구로 돌아가는 데는 20년이 걸린다고 했다. 오가는 데 50년, 그리고 이곳에서 다시 10년이 흘렀다. 60년이 흐른 지구는 아빠가 그리워하던 그대로였을까. 아는 사람이 남아 있었을까. 남아 있더라도 아빠보다 50년은 더 늙어 있을 것이다. 나는 대답을 알 수 없었다. 지구로 돌아가면 돈을 보내 주겠다던 아빠에게서는 연락이 없었다. 나는 이주 계약서를 본 적도, 사인한 적도 없지만 내가 지구로 돌아가려면 어쨌든 위약금을 내야만 했다.

나는 아빠의 연락을 기다린다. 아빠에게 하고 싶은 말이 있다. 돌아가고 싶지 않다고 나는 말하고 싶다. 아빠는 내게 물은 적도 없었다. 생각해 보면 지구에서 떠나올 때도 마찬가지였다. 내 의지와 상관없이 지구를 떠났다. 하지만 별에 남는 것만은 내가 선택하고 싶다. 나는 이곳에 살 것이다. 여기에 내 가족이 있기 때문이다. 내 유일한 가족, 로라.

나는 양치를 하고 잠옷으로 갈아입은 뒤 침대에 누웠다. 기다렸다는 듯이 로라가 내 옆에 자리를 잡았다. 옆구리에 작은 온기가 느껴졌다. 규칙적으로 내쉬는 로라의 숨소리가 자장가처럼 들린다. 지우는 떠났을까. 냉동 캡슐에 누워 잠이 든 채로 우주를 날아가고 있을까. 지구를 떠날 때 지우의 부모는 지우에게 동의를 구했을까. 만약 지우가 동의했다고 해도 별에서 산다는 건 상상했던 것과는 다를 것이다. 아마도 많이. 그럴 것이다.


다음 날에도 우주선은 주유소에 서 있었다. 생각보다 심각한 문제인가 보다. 우주선에 생긴 문제는 어느 것도 사소할 수 없다. 게다가 저들은 12년이나 더 여행해야 한다.

청소하고 있는데 지우가 왔다. 혼자가 아니었다. 남자아이와 함께였다. 동생이라고 지우가 내게 말했다. 지우는 뭔가 불만스러운 표정이었다. 남자아이는 여덟 살쯤 돼 보였다. 그보다 적거나 많을지도 모른다. 지우가 얌전히 있어야 한다고 동생에게 말했다. 남자아이는 그 말을 듣자마자 뛰기 시작하더니 창가로 돌진했다. 왜앵, 로라가 소리를 지르며 달려와 내 뒤로 숨었다. 로라를 안아 들자 심장이 세차게 뛰고 있었다.

"도서관에서는 조용히 해야 해요. 여긴 함께 쓰는 공간이니까요."

나는 내가 다니던 어린이 도서관의 사서처럼 말해 보았다. 그런 말을 해 본 건 처음이었다. 거의 완벽했다고 생각했고 과연 효과가 있었다. 남자아이는 뛰는 걸 멈추고 나를 빤히 쳐다보았다. 그러고 나서 다시 뛰기 시작했다.

로라는 내 책상 위에 앉아 몸을 납작하게 숙이고 줄곧 남자아이를 주시했다. 로라의 귀는 평평해져 있었다. 긴장한 티가 역력했다. 지우는 어제 읽다 만 책을 펴 들었지만 채 한 장도 넘기지 못했다. 동생을 감시해야 하는 임무가 있었기 때문이다. 남자아이는 뛰는 건 멈췄지만 책장에서 책을 모조리 꺼내 탑을 쌓았다가 무너뜨리길 반복했다.

12시가 됐지만 로라는 점심 달라고 하는 것도 잊었다. 나는 로라의 그릇을 내 책상 위로 옮겨 사료와 물을 채웠다. 남자아이가 신기한 구경거리가 생겼다는 듯이 눈을 빛내며 달려왔다. 로라는 왜앵, 하고 펄쩍 뛰어올라 주방으로 도망가더니 싱크대 밑에 숨어 버렸다. 간식을 손에 쥐고 달랬지만 로라는 본체만체하고 구석에서 꼼짝도 하지 않았다.

주방에서 나와 보니 남자아이가 지우를 향해 소리를 지르고 있었다. 점심으로 가져온 기내식을 먹지 않겠다고 항의 중이었다. 지우의 얼굴이 빨개졌다. 나는 아이들 앞에 내 점심 도시락을 펼쳤다. 도시락을 열자마자 남자아이가 잽싸게 닭다리 하나를 집어 들었다. 나는 엉겁결에 남은 닭다리를 얼른 집어 지우에게 줬다. 오늘 아침 나는 냉동고에 남아 있던 닭다리 두 개를 튀겼다. 잘 튀기려고 신중을 다했다. 생각하는 것과 다른 맛일지도 모르지만 8년 만의 치킨이라면 반가우리라 생각했다. 눈 깜짝할 사이에 닭다리를 해치운 남자아이는 제 누나 것을 탐냈고 지우는 거절했다. 남자아이가 악을 쓰기 시작했고 마침내 닭다리를 차지했다. 포기한 얼굴인 지우에게 나는 샌드위치를 쥐여 주며 말했다. 빨리 먹어.

밥을 먹고 난 남자아이는 더욱 기력이 넘쳐 도서관 안팎을 넘나들며 종횡무진했다. 멀리 뛰어갔던 남자아이가 제 누나에게 잡혀 끌려오는 게 창밖으로 보였다. 나는 종일 일에 집중하지 못했다. 로라는 주방에서 나오지 않았다.

책으로 쌓은 탑이 스무 개쯤 됐을 때 아이들의 엄마가 도서관으로 왔다.

"이런, 대단한 작품을 만들었네요. 죄송해요."

여자는 자기도 어쩔 수 없다는 듯, 쓴웃음을 지어 보였다. 책을 정리하려고 하는 여자를 나는 말렸다. 책을 정리하는 나만의 규칙이 있었다. 여자는 다시 사과했고 30분 후쯤 출발할 거라고 말했다.

"잘 해결됐나요?"

여자가 어깨를 으쓱해 보이더니 말했다.

"그러길 바라야죠."

나는 여자에게 커피를 권했고 그는 거절하지 않았다. 커피를 마시며 여자는 이곳 별의 형편과 과거 정착 초기 과정과 이주민들이 떠난 상황에 대해 물었고 30분 만에 다 말하기에는 너무 긴 이야기였지만 나는 간략하게 말해 주었다. 커피를 다 마신 뒤 여자는 고맙다고 인사하고 아이들에게 떠날 시간임을 알렸다. 지우는 안녕히 계세요, 하고 고개를 깊숙이 숙였다. 우리는 잠시 악수했다. 지우는 문 앞에서 고개를 돌려 도서관을 둘러본 뒤 나를 향해 다시 한번 고개를 가볍게 숙였다. 그리고 그들은 떠났다. 나는 주방을 향해 조용히 불렀다. 로라.

두 시간 뒤 나는 절대 받아들일 수 없는 사실을 인정해야만 했다. 로라가 사라졌다. 도서관과 주유소와 그 주변, 혹시나 하고 달려가 본 집에도 로라는 없었다. 미친 사람처럼 로라를 찾아 뛰어다녔다. 로라는 나 없이는 단 한 번도 밖에 나간 적 없다는 걸 잘 알면서도 찾아다녔다. 빈집들과 문 닫은 식당, 버려진 것들로 넘치는 쓰레기장, 마른 흙과 삽만 쌓여 있는 온실 안. 아무 데도 없었다. 다시 한번 도서관을 뒤졌다. 로라가 제일 좋아하는 간식을 들고 로라를 부르며 바닥을 기고 책장 뒤를 살피고 책을 하나하나 다 뽑아 던지고 냉장고 문까지 열어봤다. 로라는 어디에도 없었다.

로라!

나는 목청껏 불렀다. 그렇게 큰 소리로 불러 본 건 처음이었다. 로라는 어디에 있더라도 내가 부르면 바로 달려왔다. 사방이 어둠이고 아무 소리도 없었다. 나는 주저앉아 울기 시작했다. 눈앞이 아득하고 숨이 쉬어지지 않았다. 나는 가슴을 쥐어뜯으며 튤리파에 메시지를 보냈다. 두 시간 전 T9에서 출발한 EW2513-17호에 탑승한 생명공학자와 그 딸인 지우와 교신을 바라며 그 우주선에 고양이가 탔는지 확인하고 싶다는 게 메시지의 내용이었다. 한 시간 뒤 답변이 왔다. 생명공학자인 양수민 씨와 이지우는 수면 상태이고 12년 뒤에 기상할 예정이며 고양이에 대해서는 알지 못한다는 답변이었다.

나는 집으로 돌아와 현관 앞에 의자를 내놓고 앉았다. 칠흑같은 하늘은 부옇고 별빛은 흐렸다. 먼 옛날 아빠가 그랬던 것처럼 내가 왜 이곳에 있는지 곰곰이 생각해 보았다. 나는 아빠가 낭만주의자이고 엄마가 현실주의자라고 생각했다. 아빠는 늘 다른 삶을 꿈꿨고 엄마는 내키지 않으면서도 아빠의 말에 따랐다. 엄마가 꿈꾸는 건 가족이 함께 행복하게 사는 거였기 때문이다. 다시 생각하니 엄마가 낭만주의자였고 아빠는 이기주의자였다. 하지만 지금은 잘 모르겠다. 내가 여기 있는 이유는 하나뿐이었다. 로라가 돌아오기를 기다리는 것. 내가 바라보는 우주의 한가운데에는 언제나 로라가 있었다. 로라는 내 하나뿐인 가족이고, 내 우주고, 내 전부였다. 점점 어둠이 짙어지고 내 우주는 사라졌다.

며칠 뒤 튤리파의 배송선이 내가 주문한 물건을 가지고 왔다. 물건이 매우 커서 배달원 둘이 내 집까지 옮겨 주었다. 나는 늘 그랬듯이 배달원들에게 고맙다는 말과 함께 음료를 건넸고 그들은 한 달 뒤에 보자며 인사하고 떠났다.

나는 하던 일을 마무리하고 책상에서 일어났다. 가방을 메고 도서관을 둘러봤다. 책은 내가 정한 방식대로 가지런히 꽂혀 있었다. 책을 정리한 기준은 내가 제일 좋아하는 책부터 꽂는 거였다. 그 아이, 지우가 읽었던 그래픽노블은 첫 번째 책장의 아래에서 두 번째 칸, 왼쪽에서 열한 번째 꽂혀 있다. 최고는 아니지만 매우 좋아하는 책이라는 뜻이다. 책의 순서는 가끔 바뀌었지만 어떤 책이 어디에 꽂혀 있는지 눈 감고도 찾을 수 있었다. 불을 끄기 전에 창가를 한번 바라봤다. 창 앞에 앉아 있던 작고 부드러운 존재 또한 눈 감고도 똑똑히 그려 낼 수 있었다. 나는 불을 끄고 도서관에서 나왔다. 문은 잠그지 않았다.

양치하고 젖은 머리를 말린 뒤 서랍을 열어 스웨터 아래에서 작은 상자를 꺼냈다. 상자 안에는 둥글고 검은 공이 몇 개 들어 있다. 로라를 쓰다듬고 손에 남은 부드러운 솜털을 모아 뭉쳐 놓은 것이다. 은빛 명주실 같은 수염도 몇 가닥 있었다. 나는 그것들을 잠시 쓰다듬은 뒤 다시 상자 속에 넣고 제자리에 두었다. 그러고는 옷장 문을 열어 푸른빛이 돌고 곡선이 부드러운 항아리를 꺼내 매끄러운 표면을 한번 쓸어 봤다.

엄마는 내가 아프거나 친구들에게 따돌림당해 울고 돌아오
거나 아빠에게 야단맞고 부아가 나 있으면 바닥에 푹신한 이
불을 깔고 같이 눕자고 했다. 엄마는 위로의 말 같은 건 한마
디도 해 주지 않고 팔을 둘러 나를 안고만 있었다. 나는 씩씩
거리거나 눈물을 흘리면서 천장을 바라봤다. 고단한 숨소리
가 들려서 고개를 돌려 보면 엄마는 잠들어 있었다. 잠든 엄
마를 바라보다 나도 잠이 들었다. 한숨 푹 자고 일어나면 아
프고 서러운 것도 슬프고 괴로운 것도 좀 가셨다. 마음이 산
산이 부서졌을 때 이불을 말고 자고 나면 나쁜 기억의 조각을
몇 개 잠 속에 묻어 두고 깨어날 수 있었다.

　방 가운데에는 튤리파에서 배송된 물건이 놓여 있다. 그것
은 커다랗고 투명한 누에고치처럼 보인다. 더듬이 같은 버튼
을 누르자 뚜껑이 열리고 몹시 포근해 보이는 속이 드러났다.
엄마가 깔아 주던 이불처럼 푹신하고 아늑해 보였다. 나는 그
안으로 들어가 누웠다. 사용설명서에 따르면 최대 사용 기간
이 50년이라고 했다. 내가 주문한 물건은 냉동 캡슐이었다.
뚜껑을 닫고 천장의 버튼을 누르자마자 즉시 잠이 들었다. 그
럴 거라고 사용설명서에 쓰여 있었다.


"정신이 들어요?
　눈을 뜨자 낯선 얼굴이 보였다.
"본인 이름과 나이를 말할 수 있겠어요?"

나는 여자가 한 말의 의미를 파악하려고 애썼다. 본인……
이름…… 나이.

"오……우나. 스물……일곱 살."

"좋은 꿈 꾸셨어요?"

여자가 씩 웃었다. 젊은 여자였다. 모르는 얼굴이다.

서서히 정신이 돌아왔다. 하나하나 떠오르기 시작했다. 냉
동 캡슐, 50년 예약 수면, 튤리파, 도서관, 주유소, 그리고…….
몸을 일으키자 눈앞이 핑 돌았다. 여자가 내 어깨를 잡고 부
축해 줬다. 나는 캡슐에서 나와 침대에 걸터앉았다. 여자도 내
옆에 앉았다.

"이거 먹어요. 먹고 나면 기운이 좀 날 거예요."

나는 여자가 내민 튜브를 받았다.

"기내식이에요. 먹어 본 적 없죠? 생긴 건 약간 오줌 같은데
맛도 오줌 맛이에요. 오줌을 먹어 본 적은 없지만 말이에요.
기내식의 딱 한 가지 장점이 뭔지 알아요?"

"하루에…… 한 번만 먹어도 된다는 거죠."

내 말에 여자가 웃음을 터뜨렸다.

"정답이에요. 이제 완전히 정신이 든 것 같네요."

"내가 얼마나 잤죠?"

"꽤 주무셨죠. 캡슐에 기록된 바로는 29년 7개월 11일, 거의
30년 동안 잤네요."

뭔가 기억날 듯하지만 흐릿했다.

"당신이 날 깨웠나요?"

"네, 죄송해요. 하지만 꼭 그래야만 했거든요."

"당신은 누구죠?"

"전 헤카테의 비행선 조종사예요. 하지만 여긴 업무로 온 건 아니고 개인적으로 잠시 들른 거예요. 그런데 튤리파에서 이 별까지 하루나 걸리다니 깜짝 놀랐어요. 굉장히 가까운 곳인데 말이죠. 아, 제 이름은 이지우예요. 혹시 절 기억하세요?"

나는 여자의 얼굴을 유심히 들여다보았다. 여자는 나를 알고 있는 눈치다. 30년 전에 내가 알던 사람인가. 이. 지. 우. 이지우? 내 눈이 크게 열리자 여자가 씩 웃었다.

"키가 그때보다 40센티 컸어요."

"지금 몇 살이죠?"

나이 같은 건 아무 의미 없다는 걸 알면서도 나는 물었다.

"스물아홉 살이요. 언니보다 두 살 더 많죠."

지우가 대답했다. 그리고 속삭이듯 말했다.

"제가 너무 늦은 건 아니길 바랐어요."

아니다. 너무 빨리 왔다. 아직 잠 속에 나쁜 기억의 조각을 다 묻지 못했다. 모든 것이 생생하게 기억났다. 영민하고 아름다우며, 응석받이에 고집 세고, 한없이 다정했던 작은 존재에 대해 나는 아무것도 잊지 못했다. 더 길고 깊은 잠이 필요했다. 50년, 아니 100년. 아니다. 다시는 깨어나지 않을 잠을 예약해야만 했다.

"말씀 드릴 게 있어서 왔어요."

중요한 말을 앞둔 것처럼 표정이 굳은 채로 지우가 말했다. 턱과 코의 선이 분명해지긴 했지만 어릴 때 얼굴이 남아 있었다. 웃으면 반달이 되는 눈과 야무진 입매. 지우의 엄마도 그랬다. 지우는 점점 더 엄마와 비슷한 모습이 될 것이다.

"우연한 사고와 바꿀 수 없는 항로와 시간에 관한 이야기예요. 그리고 로라에 관한 이야기죠."

로라의 이름을 듣자마자 북받쳐 올랐고 참을 새도 없이 뜨거운 것이 뺨을 타고 흘러내렸다. 온몸이 떨리기 시작했다. 아무것도 듣고 싶지 않았다. 로라를 잃었을 때 지옥 같았다. 로라를 떠올리는 것은 다시 지옥으로 뛰어드는 짓이다. 하지만 나는 알고 싶었다. 로라에 대해 모든 것을.

"전부 말해 줘요."

지우가 고개를 끄덕였다.

"로라는 우리 우주선에 탔죠. 그때 전 몰랐어요. 우주선에 탑승한 뒤 저는 바로 냉동 캡슐로 들어갔으니까요. 엄마 말에 의하면 출발한 뒤 로라가 우주선에 탔다는 걸 알게 됐대요. 궤도 수정은 불가능했죠. 엄마는 로라를 냉동 캡슐에 넣기로 결정했죠. 우주선 안에서 로라를 돌볼 수 없었으니까요. 예정대로 12년 뒤 우리는 헤카테에 무사히 도착했어요. 그 뒤에도 로라의 수면은 지속됐어요. 로라를 깨우는 건 간단한 일이 아니었거든요. 아시다시피 개척지에서 동물 사육은 엄격히 관리

180

되어야 할 문제이기 때문이죠. 헤카테에서도 동물 사육 계획은 있었어요. 닭이나 소, 돼지, 양 같은 가축이죠. 그건 농작물 생산이 안정된 다음 일이었어요. 그 일을 담당한 게 엄마였죠. 우리 엄마가 생명공학자라는 건 말했죠? 그런데 어느 날 엄마가 집에 고양이를 데려왔어요. 보자마자 나는 로라라는 걸 알았죠."

지우가 내 표정을 슬쩍 살피고 말을 이었다.

"하지만 정확하게 말하면 로라는 아니었어요. 로라의 또 다른 로라라고 하는 게 정확하겠죠. 엄마는 잠들어 있는 로라에게서 유전자 샘플을 채취해서 복제해 냈어요. 저는 그때 비로소 로라가 우주선에 탔었다는 걸 알게 됐죠. 당연히 너무 놀랐어요. 기쁘기도 했지만……. 엄마는 정착 사업에 무엇보다 중요한 건 반려동물 양육이라고 당국에 건의해 왔댔어요. 가축 배양보다 우선되어야 한다는 게 엄마 생각이었어요. 말도 안 되는 소리라고 무시하던 당국이 결국 엄마의 의견을 받아들였어요. 받아들인 이유는 잘 모르겠어요. 시장이 애묘가라는 소문이 있긴 했죠. 그 뒤로 가정마다 고양이가 분양됐어요. 헤카테의 개척 사업은 개척사를 다시 썼다고 할 만큼 성공적이었죠. 식량 자급자족에도 성공했고 무엇보다 치안과 복지가 우수했죠. 다른 개척지들의 문젯거리였던 범죄율과 자살률이 현격히 낮았어요. 헤카테를 떠나는 주민은 거의 없고 지구와 주변 개척지에서 계속 이주해 오고 있어요. 출산율도 높은 편이죠. 지금은 화성 다음으로 가장 큰 거주지가 됐어요. 엄마의 예상이 적중한 거죠. 밥만으로는 이주민들의 허기를 채울 수 없었어요. 애정을 주고받는 존재가 꼭 필요했던 거죠. 엄마가 언제부터 그런 생각을 하게 됐는지는 모르겠어요. 엄마는 고양이에 전혀 관심 없었거든요. 아마 여기서 당신과 로라를 보고 뭔가 느꼈던 건지도 몰라요. 그리고 로라가 우주선에 탔다는 우연이 이런 결과를 낳은 거죠. 헤카테에는 고양이 없는 집이 드물어요. 1세대 복제 로라들은 이제 열세 살이 됐어요. 물론 로라라는 이름 대신 각자 다른 이름을 갖고 있죠."

"우연이라고 했나요?"

잠시 내 얼굴을 들여다보던 지우가 대답했다.

"그렇게 생각하려고 노력했어요. 그러지 않으면 누군가를 미워해야 했을 테니까요. 대신 잘못을 바로잡고 싶었어요."

우주선의 궤도를 돌리는 것보다 잘못을 바로잡는 게 쉬운 일이라고 생각하는 사람들도 있을 것이다. 내 아빠는 우주에서 보낸 시간을 되돌리고 싶어 지구로 돌아갔다. 60년 전의 세상으로. 아니, 그건 60년 후의 세상일지도 모른다. 아니, 시간은 아무런 의미도 없다. 자신의 꿈이 실현되고 삶이 완벽해지고 마침내 행복해지는 곳을 찾아 헤매는 것뿐이다. 그런 곳이 있을까. 있기는 있을 것이다. 소중한 것이나 소중했던 것, 그리고 소중했는데 잃었거나 빼앗겼던 것을 모두 잊을 수만 있다면 삶은 완벽해질 것이다. 더 이상 원하는 것도 바라는 것도 없을 테니까. 나는 캡슐 안으로 돌아가고 싶었다. 완전히 잊어버리기 위해 다시 잠들 것이다. 한 가지만 확인하고 나면.

"로라는……."

내 로라는 하나뿐이다.

"편히 잠들었나요?"

"아직 자나 봐요."

"아직도 냉동 캡슐 안에 있어요?"

"그건 아니에요."

그때 왜앵, 하는 소리가 들려왔다. 거실 쪽이었다. 그리고 검은 고양이가 훌쩍 뛰어 내 품에 안겼다. 로라. 분명 내 로라였다.

"우주선에서부터 내내 자더라고요. 일어날 생각이 없는 것 같아서 거실 소파에 모셨죠."

로라가 내 뺨을 혀로 핥아 눈물을 닦아 줬다. 나는 로라를 꼭 껴안고 조금 더 울었다. 갸르릉, 소리를 내며 로라가 내 품을 파고들어 둥글게 몸을 말았다. 내 귀여운 아기, 하나뿐인 가족, 제일 친한 친구, 내 모든 것.

"이제 로라는 몇 살이 됐죠?"

이곳에서 나이는 아무 의미도 없다는 걸 잘 알면서도 나는 물었다.

"어디 보자. 냉동 수면에서 깨어나서 병원에서 사흘, 아, 아무 문제 없었어요. 검사하고 혹시나 하고 병원에서 지켜본 거죠. 그리고 우리 집에서 일주일, 헤카테에서 튤리파까지 이틀, 튤리파에서 여기까지 하루……. 여기서 떠난 뒤로 13일 더 나이 먹었네요."

"헤카테에서 튤리파까지 이틀 걸렸다고요? 가는 데만 12년 걸리지 않았어요?"

"웜홀 항로가 개발됐거든요."

"그게 뭐죠?"

"간단히 말하면 지름길을 발견했다는 거죠."

지우가 씩 웃었다.


잠시 뒤 우리는 별이 총총한 하늘 아래로 나란히 걸었다. 내 품에는 로라가 안겨 있다. 작고 부드럽고 다정한 로라.

"휴가가 닷새 남았어요."

지우가 말했다. 나는 지우를 올려다보며 물었다.

"휴가에 뭐 해요?"

"어디 가서 책이나 실컷 읽으려고요."

"어디 아는 데가 있나 봐요?"

"예전에 가 본 데가 있죠. 책으로 둘러싸여 있고 큰 창이 있고 예쁜 고양이가 있고 맛있는 샌드위치가 있는 도서관이었어요. 아, 아이스크림도 먹었죠."

"굉장한 곳처럼 들리네요."

"굉장한 곳이었어요. 늘 생각났어요. 그 안의 모든 것들이."

지우가 먼 곳을 응시하다 살며시 웃었다. 나는 그런 표정을 본 적 있다. 눈을 뜨고 꿈을 꾸는 사람들이 짓는 표정이었다. 엄마가 내 손을 잡고 밤하늘에 핀 벚꽃을 올려다보며 지었던 표정이었다. 로라가 창밖을 내다보며 짓는 표정이었다. 넓고 깊고 멀리 있어 알 수 없지만 분명 거기 있는 우주를 바라볼 때 우리가 짓는 표정이었다.

"아, 그런데 그때 제가 읽었던 책 뒷부분 몇 장이 찢어진 거 알고 계셨어요? 그 부분이 진짜 궁금해 죽을 것 같았거든요."

지우가 온 우주의 온라인 도서관을 뒤져 책을 찾아 헤맸던 이야기를 하고 나는 지우의 말에 귀 기울이며 우리는 나란히 도서관을 향해 걸어갔다. 별이 많은 밤이었다.

내가 잠든 사이에 우주에서는 대단한 일들이 일어나고 있었나 보다. 하지만 내게는 별일 아니다. 내 우주는 로라이고 무사히 우주를 찾았고 지금 나는 나의 우주를 안고 있다. 그건 꽤 오래 걸린 이야기고 아주 짧은 시간 동안의 이야기이기도 했다. 시간은 이곳에서는 아무런 의미도 없다. 내 품에서 우주가 따스하게 빛나고 있다.

「닷다의 목격」의 닷다는 건너 건너 아는 이의 이름을 빌렸다. 닷다라는 이름을 듣자마자 어머, 이건 꼭 소설에 써야 해! 하는 느낌이 들었다. 왠지 모르지만 닷다라는 이름을 가진 주인공이라면 흥미로운 이야기가 펼쳐질 것 같았다. 도마에 관한 에피소드는 내 어릴 적 이야기다. 엄마는 아직도 도마를 아쉬워한다. 참 좋은 도마였다고 한다.

「제물」은 셜리 잭슨의 소설 「제비뽑기」를 모티프로 해서 썼다. 셜리 잭슨처럼 매혹적이고 섬뜩한 소설을 쓰고 싶었는데 완성하고 보니 해피엔딩이 되었다. 나는 대개 결말을 모르고 쓴다.

「그래도 될까」는 전에 발표했던 소설로(『복수는 나의 것』에 수록, 탐, 2016), '복수'라는 주제로 의뢰받고 썼다. 복수란 끊임없이 증오를 품고 있어야 가능하므로 무척 에너지가 드는 일이다. 나는 그런 에너지도 없고 끈기도 부족해서 복수 같은 건 언감생심이라 처음에는 원고 청탁을 거절하려 했으나 고심 끝에 이런 이야기를 쓰게 됐다. 이 소설은 발표된 뒤 제3회 SF어워드 중단편소설 부문 우수상을 받았다. 그래서 내가 SF소설을 썼음을 알게 되었다. 아마도 이 소설은 내 첫 SF소설일 것이다. 장담할 순 없다.

「화성의 플레이볼」은 홍콩 시민들의 범죄자 인도법(송환법) 반대 시위가 한창일 때 쓴 소설이다. 소설이 어떤 사건이나 인물을 바로 떠오르게 한다면 문학적 메타포로는 실패한 것이다. 하지만 나는 이 소설을 읽고 홍콩 시민들의 시위를 떠올려 주기를 바랐다. 지금도 세계 곳곳에서 불의와 폭력에 맞서 싸우는 사람들이 있다. 그들이 부디 포기하지 않길, 그리고 모두 무사하길 빈다.


내 가장 소중한 존재인 자매들과 부모님, 늘 고맙다.


2021년 가을, 최상희

# 닷다의 목격

2021년 11월 30일 1판 1쇄
2022년 5월 31일 1판 2쇄

지은이 최상희

편집 김태희, 장슬기, 이은, 김아름, 이효진
디자인 김민해
제작 박홍기
마케팅 이병규, 양현범, 이장열
홍보 조민희, 강효원

인쇄 천일문화사
제책 J&D바인텍

펴낸이 강맑실
펴낸곳 (주)사계절출판사
등록 제406-2003-034호
주소 (우)10881 경기도 파주시 회동길 252
전화 031) 955-8588, 8558
전송 마케팅부 031) 955-8595 편집부 031) 955-8596
홈페이지 www.sakyejul.net │ 전자우편 literature@sakyejul.com │ 블로그 blog.naver.com/skjmail
페이스북 facebook.com/sakyejul │ 인스타그램 instagram.com/sakyejul

* 이 도서는 2020년도 아르코문학창작기금 지원사업에 선정되어 발간된 작품입니다.


ISBN 979-11-6094-891-2 44810
ISBN 978-89-5828-473-4 (세트)